世界
性文學名著大系

總編輯：陳慶浩

小說篇
法文卷

《世界性文學名著大系》凡例

㈠原則——本叢書有系統地收集各國性文學經典著作，依其性質分篇，如小說篇、詩歌篇、戲劇篇、文獻篇和研究篇等；各篇又按語種分卷，如法文卷、英文卷、日文卷和漢文卷之類。

㈡版本——採最初版本或經專家校訂之定本；採全本而不採删削本。書前並註明所採用之版本。

㈢翻譯——各書皆據原文，由精通中文及該文字之名家直接翻譯、絕不據第三種文字轉譯。

㈣序言及註解——各書皆由譯者或於該書研究有素之專家作序並加適量註解，以協助讀者更好了解該書。

㈤世界性文學書數量極多，涉及語種甚夥，選擇其中名著，誠非易事。編者見聞有限，如何選材，仍在探索搜尋中。然此爲開放性之叢書，可以增添新資料，修補缺漏。讀者中高人甚多，盼多批評指正，提出建議，使此大系得以提高，名副其實；則非只編者之幸，此套書之幸，亦爲社會之幸也。

《世界性文學名著大系》總序

陳慶浩

性文學是以性愛描寫爲重點或重點之一的文學。

沒有文字之初，文學是口頭流傳的，這就是我們所說的口頭文學或民間文學。未有文字民族的文學都是口頭文學；即使有了文字，教育普及，民間文學也沒有衰亡。部分情歌、笑話以及所謂葷故事，都是性文學。但由於社會禁忌，這些資料只有很少的部分記錄下來。俗文學中的性文學資料更多。畢竟文學敍寫人生，而性愛又爲人生的重要部分。在個體生存獲得保證後，種族的延續是靠性來維護的。雅文學中的豔情詩詞歌賦都是性文學，小說和戲劇，更不乏性文學的巨著。

不同的民族創造了不同的文化，不同的文化對性愛有不同的觀念。即同一文化，在不同的歷史時期，對性愛的觀念也是不同的。這種不同的觀念也影響到對性文學的態度。以西方和中國為例。古代希臘人對性愛抱著欣賞和寬容的態度，自由地享受性的愉悅，同性戀、異性戀與雙性戀都被看成是自然的。古希臘的神話、戲劇、詩歌以及雕塑和繪畫，都充滿性愛的題材。比較其他民族，古希臘哲人更崇尚理性、追尋永恆的理念。柏拉圖認為只有永恆不變的理念才是完善的，是具體事物的範型，而具體事物只是理念不完整的摹擬，是較低層次的。人亦如此。生理美引起的性愛只是永恆之美的理念的不完善呈現，應該加以昇華，通過文學、藝術，特別是哲學，達到更高層次。亞里斯多德認為性愛可能導致美德，但抨擊縱慾。羅馬承繼希臘文化，對性愛也有相似的看法。古代羅馬人和希臘人一樣都有陰莖崇拜，欣賞人體美，出現了不少性愛的文藝作品，特別是春宮畫。但在這時期，也出現了極端的縱慾和禁慾的理論和生活態度。

隨著羅馬帝國衰亡，基督教興起。早期基督教重視靈魂，輕視肉體，認為性愛使人墮落，提倡禁慾，鼓勵獨身。但性愛既屬本能，又是生殖的必要條件，因此強化一夫一妻的婚姻制度，取締一切非婚和非以生殖為目的的性關係。通姦、手淫和同性戀等，都是罪惡的。教會全面而且持久地介入社會和家庭生活中，強烈抑制性愛，禁絕了文藝的性愛表現。這是西方延續千年的中世紀黑暗時代。接下來是文藝復興和宗教改革，個人重新發現，希臘羅馬古典文明再生，社會現世化和教會世俗化，對性愛態度相對寬容，產生了很多以性愛爲題材的文學藝術作品。但中世紀的性愛觀念已深入人們意識，成爲西方文化中不能擺脫的部分。

這個混合的性愛文化，在西方各國，不同的歷史時期有不同的表現，且隨著西方的擴張，散播到世界各地，成爲世界的主導思想。本世紀開始了對性愛的科學研究，中世紀的性愛觀念愈來愈沒落，禁忌被打破，文學藝術中以性愛爲主要題材的作品直到七十年代起才合法化；在這以前，很多作品還被以色情、妨礙善良風俗等罪名被禁止公開流通。

古代中國和其他民族一樣有生殖器崇拜，並從生殖推衍到天地萬物之源。作爲中國漢民族哲學的基礎《易經》即謂「男女構精，萬物化生」，「雲行雨施，萬物流形」，「天地感而萬物生」，「天地不感而萬物不興」云云。《易經》卦辭中有不少涉及性愛的文字。有人以爲，卦爻的陰陽，其實是男女性器官的符號。儒道兩家對性愛都採取自然和積極的態度。社會對性並沒有甚麼禁忌，可以公開談論，和古代希臘羅馬差不多，只是還未出現將肉體之快樂低於精神之快樂的學說。我們在《詩經》和其他先秦文獻中，可以找到若干性文學作品，也有一些藝術品保存下來。此時亦可能已出現房中家，專門研究性愛技巧、性健康、育嗣等問題。房中家後來被道家吸收，成爲道家一個流派，又有部分溶入醫家中。

東漢時佛教傳入中國，爲中國文化增添了新的因子。佛家以超脫生死爲宗旨，視存在爲虛無，以生即是苦，貪愛爲苦因。性愛生育，旣造苦因，又結苦果，故僧尼皆獨身。佛教爲性愛定下很嚴厲的戒律，不能不影響到漢代以後中國人對性愛的態度。但佛教只是中國人衆多信仰的一支，入中國後也華化了，且佛教中也有對性愛持寬容甚至是積極態度的流派（如密宗），故明清以前，中國對性還是比較開放的；特別是唐代。這一時期出現了不少以性愛爲題材的繪畫和豐富的文學作品，亦有頗多的房中著作。宋代以後儒學復興，產生了宋明理學。宋明理學是儒學吸收佛學後形成的。理學家提倡「存天理，滅人欲」，宣稱「餓死事極小，失節事極大」。除了生育的目的，性愛自是人欲，在除滅之列的。朱熹一派的理學在元代以後被立爲官學，使這種理論成爲社會的主導思想。明清以來中國社會的性抑制、性禁錮形成的原因仍有待研究，但官學的影響是一個不能忽視的因素；專制制度强化，亦有直接的關係。不過宋元兩代性控制仍不太嚴，宋詞元曲，宋元話本等，都有以性愛爲題材的作品，政府也沒有禁止這類作品流通。

明代特別是晚明出現很奇特的現象，一方面是理學受到官方的提倡深入到社會生活的各個角落，開始禁性文學甚至一般涉及愛情的作品，並製造出大批的節婦烈女。另一方面則是上層的性放縱，和伴隨著經濟發展、都市繁榮，性文藝創作空前興盛。這時出現質量甚佳的春宮畫和數量可觀的性愛小說，還有若干性愛內容的民歌和民間故事（特別是笑話）也被記錄下來。這種盛況一直延續到清初，到清朝中晚期，開始嚴厲取締「誨淫誨盜」的圖書，才將這一熱潮平息下來。社會各階層所受性禁錮的程度各不相同，最上層宮廷和達官貴人，向來都有不受限制的特權，最低層的小民百姓，則視其所處地域之風俗習慣而異；最受影響的是中層階級，特別是知識分子。性文學在禁令下祕密流通，只是產品愈來愈粗俗而已。春宮則以辟邪和箱底畫等名義公開傳播。性愛題材的民間文學、小曲和戲劇，自然還繼續流傳。可以說在本世紀以前，中國沒有出現過像西方黑暗時代那樣對性愛嚴格控制的時代。但我們也不能遺忘中國歷史上可恥的閹人和小腳，還有很多浸透血淚的貞節牌坊。

西方入侵帶來西方文化包括西方性文化，它已和傳統性文化融混成爲目前流行性文化的一部分。同性戀被作爲社會問題討論，正是西方性文化東傳的結果；中國歷史上從不將同性戀看成罪惡，而是將它看成性愛的一種形式，不加禁止的。本世紀五十年代到八十年代的中國大陸，是中國歷史上性禁錮最嚴酷的時期，尤以文革十年達最高峯。中共政權混雜了傳統道學家和以史達林主義爲代表的西方中世紀教會的性愛觀念，對大陸人民進行性統制。性愛成爲低下的東西，非婚性關係、婚前性關係、同性戀等都是犯罪的。禁止一切涉及性愛的文藝作品、包括民間性文學，除去少數圖書館及文物機構外，全面收繳並銷毀一切性愛的書籍和文物。全面性壓制的結果造成全民的性無知，這種情況直到近十幾年來的改革開放政策提出後才開始轉變。大陸近年來的性文化研究熱，就是這種改變的結果。今天的中國性愛方面的特點是意識形態的性禁忌和現實生活的性放任，多重的標準，使社會生活在虛僞和矛盾中。

中國和西方歷史顯示，當社會對個人的控制越緊，性禁忌就越多，性禁錮就越嚴厲。獨裁者都是通過性禁錮來顯示道德品質的高尚，以表明其政治理想之崇高。納粹德國就曾焚性文學書、禁性愛研究、制裁非婚性行爲。泛道德主義是這類政權的特色，政治迫害甚至政治鬥爭，幾乎都是從道德問題開始的。道德敗壞的人，政治以及其他一切自然都是壞的；而道德品性純潔的人，即使有這樣那樣的缺點，也是可以原諒的。中共歷次的政治運動，都是這樣的模式；歷來評論人物，亦難脫此模式。而違反性禁忌，是道德敗壞最有力的明證。性問題歷來是權力鬥爭的利器。不單中國如此，英美諸國皆然，只是程度不同而已，似乎只有當代歐洲大陸的公衆人物較少受到性干擾。性禁錮程度可作爲個人自由度的一項指標。人類自身解放的歷程中，不斷打破形形色色的禁忌包括性禁忌。性愛是個人最切身的權利，是一項最基本的自由，不應該被拿來作爲社會控制的工具。歷史上個人的自由被一點一點地掠奪，也要一點一點地爭回來。禁忌妨礙心靈的自由，個性的解放。

今天，在台灣，當政治禁忌已被打破之後，打破性禁忌就被提到日程上來了。在政治權威消失以後，社會上瀰漫在泛「道德」的氣氛中。而所依循的，還是舊秩序下的道德，有濃烈的絕對主義色彩。而一切訴諸道德，正是專制制度的溫床。性禁忌，正是這些道德維護者的利器。將爭取個人性自由，打破性禁忌看成性放縱，而性放縱正是社會解體和個人墮落的表徵。在特權的社會中，有權有勢者可以爲所欲爲，沒有每個個人的自由，包括性自由。個人的自由是建在自尊尊人的基礎上，它勢必形成社會的公共契約，處理社會事務基於法律，而非訴諸道德。自由不可能使每個個人變成不受限制的特權人物，而是使每個個人成爲平等的公民；公民有權利和義務。自由意味著責任。在專制制度下，統治階層一般將百姓當爲芻狗，好的亦只將百姓當成子民，要作之君作之師。對統治者來說，百姓並不是心智成熟的人，甚麼事都要他們來作決定。他們壟斷資訊，按等級分配享用，包括性愛相關的資訊。甚麼人可讀甚麼書，都是由他們決定的。但在民主制度下，人民沒有任何理由去承認政府官員比自己高明，由官員們替自己決定那些是自己不應讀的書。自由獲得資訊是公民的基本權利。自然我們還要注意到還在成長中的少年兒童，他們理應受到適當的保護。但絕不能以保護少年兒童爲藉口，去剝奪成年人的權利。

性文學是文學不能分割的一個部分，過去由於性禁忌，既不可能閱讀，更談不上研究。西方世界也只是在六七十年代，才逐漸解除對性文學作品出版和流通的限制，一代人過去了，並沒有出現道德之士所擔憂的社會解體和個人普遍墮落的情況，社會也沒有風起雲湧去爭讀性文學書籍；它只是衆多文學作品的一種罷了，正如衆多電影中的色情電影，並不引起觀看的熱潮。倒是因爲開放，人們得以以平常心看待，使得性文學的質量和研究得以提高。台灣比歐美遲二三十年，現在是可以開放性文學的時刻吧?台灣總不能置身世界大流之外，況且打破性禁忌，也正有社會開放個人自由的象徵意義。自由的愛和愛的自由是不能分開的。目前學界對本國漢文性文學資料了解甚少，遑論其他文字的性文學。爲此，我們決定編印這套《世界性文學名著大系》，系統地介紹世界上各種語文的性文學名著，包括詩歌、戲劇、小說以及相關的資料和研究。這是世界上第一套有系統的世界性的性文學叢書。西方出版過多種性文學選本、性文學叢書，但他們對東方性文學所知甚少，採用的只是西方的資料。且所用資料，未經嚴格的有系統的挑選，沙泥俱下，卻又非無所不包的全書，帶有很大的隨意性。本《大系》是在收集大量作品的基礎上，再按該作品在文學史上的地位及其在性文學方面的成就篩選出來的。這些作品都是該國文學名著，是性文學的經典。

人的生活有目的性，性愛非只本能，而是後天學習到的行爲模式。不同的文化模式塑造其成員的不同性類型，這在各民族中的性文學中有較集中的反映。《世界性文學名著大系》使我們看到不同文化在不同時期對性的不同看法，人們往往將自己當下的性模式看成天經地義的必然，擴大視野，就會認識到被認爲必然的在別的文化中並非天經地義的；即在本文化不同的歷史時期中，亦有不同的看法。只要有開闊的胸懷，我們自然對不同的性表現抱著寬容的態度。長期以來，性文學是個禁區，在這新的歷史時代，隨著《世界性文學名著大系》的出版，文學愛好者不但能夠讀到漢文的性文學名著，也經由翻譯，讀到世界各種語文的性文學名著。對於文學研究者，這套書的功用是明顯的，集合各種語文的性文學名著，自方便作比較研究。性文學很集中地反映民族文化，西方的性文學自然和東方有很大的差異，即西方諸國也各不相同，法語、英語、德語的性文學名著，都有各別的面貌。也許這麼一套書，對想了解不同文化的人，能有些許助益吧。

一九九四年七月於台北

天生浪蕩子

Le Libertin de Qualité

(法)米拉波/Mirabeau　著

余中先　譯

本書根據法國原版譯出

米拉波的革命功勛與他的性小說

——關於歷史偉人與性

柳鳴九

寫《天生浪蕩子》這部小說的，就是那個米拉波，那個在人類一次偉大的革命中曾經叱咤風雲、搬演歷史、赫赫有名的米拉波（Gabriel-Honore de Riqueti Comte deMirabeau, 1749-1791年）。

這部小說帶有不少對社會世態的漫畫式描繪、對上流社會的無情暴露與諷刺、對人對事尖刻的觀察，還有活潑的文筆與跳躍的思想，這些使它頗具大手筆之風。但是，其主要的內容，一個浪蕩子無數次獵艷縱慾的活動；其主要特點，就是對這些性活動直露的描寫，又使它毫無疑問地屬於性文學的性質。

對於這樣一部小說的這樣一位作者，似乎頗值得多加一番評說，因爲，他身上這兩個方面對照得實在强烈，存在著明顯的反差。

且先說他在革命中輝煌的歷史。

一七八九年五月五日，爲解決法國社會嚴重經濟政治危機而召開的三級會議正式開幕，米拉波被選爲第三等級的平民代表參加了這次會議。儘管他此時只是一個無人理睬的普通代表，但是作爲一名鬥士進入了大革命前兩軍對壘中的一方隊伍。三級會議中平民等級與王權貴族等級的鬥爭，導致了第三等級的代表於六月十七日另立國民議會，宣稱是全國的代表，此舉揭開了法國大革命的新的一頁，而米拉波也登上了這個決定法國歷史進程的政治舞台。在雙方鬥爭的白熱化中，六月二十三日，國王路易十六調軍隊把國民議會會場圍得水洩不通，下令國民議會立即解散，否則就要採取斷然措施。在此生死存亡關頭，米拉波勇敢挺身而出，打破國民議會的一片沈寂，即席發表了一篇金鏗玉振、反暴力、否王權、鼓舞國民議會鬥志的精彩演說，其中最著名的豪言壯語至今仍永載史册：「我們是根據人民的意志在這裡開會，刺刀也不能把我們解散」。他的演說立刻扭轉了局勢，成爲法國革命中的第一個轉折點，就其個人所起的作用，十九世紀大批評家聖布甫（Sainte-Beuve）曾評論米拉波是「體現出法國革命新紀元的第一個偉人形象」。也正是在這次會議上，他提議議員有不受侵犯之權，並獲通過。我對政治學沒有研究，不知這是否就是當今西方議員豁免權的一個開端？

國民議會於一七八九年七月九日改爲制憲會議，七月十四日巴黎民衆攻陷巴士底獄後，政權從王室轉到制憲會議手裡。從制憲會議成立直到他一七九一年逝世，米拉波成爲了這個權力機構的中心人物，與拉法葉特（La Fayette 1757-1834年）同在這個舞台上起著關鍵性的作用，正是在米拉波任職期間，制憲會議完成了頒佈《人權宣言》、制定憲法等幾項劃時代的大事。米拉波逝世後不久，制憲會議又改組爲新立法會議。因此，可以說，法國革命史上制憲會議這個重要歷史階段，是以米拉波的名字爲標誌的，制憲會議的歷史豐功，也是與米拉波緊密不可分的。

米拉波原出身於貴族家庭，父親是一位重農學派的著名經濟學家。米拉波從小受過良好的多方面的教育，具有豐實的學識，他進入三級會議時，正好是四十歲。他在國民議會與制憲會議中舉足輕重的政治作用，經常是靠他的雄辯演說來完成的。他著名的演說，除了一七八九年六月二十三日「揭竿而起、反對王權」起了決定性歷史作用的那一篇外，最早還有一篇，是一七八九年二月二日主張出席三級會議的第三等級代表總數應爲第一、第二兩個等級之和的演說，在其中，他代表第三等級力爭與貴族、教會的平等地位，並提出了「特權者將滅亡，人民是永恆的」的激昂口號。此外，他一七八九年九月論否決權的演說，一七九〇年五月二十日論戰爭與和平大權的演說，同年十月二十一日主張三色旗爲法蘭西國旗的演說，都在當時起了重要的輿論導向、議事決策、一捶定音的作用。

米拉波的演說詞立論堅實、論證有力、邏輯嚴密，語言具有濃烈的色彩，他廣博的學識又帶來不少典故，生發出豐實的形象，故而演詞顯表出一種充盈繁茂的風格，作爲散文，在法國文學史上亦享有一定地位。加以，他演說時熱情充沛，聲音洪亮，頗講究表演藝術，往往能產生出一種雄壯的氣勢與力量，他同時代的人物稱譽他的演說像「天上的雷鳴」。

米拉波於一七九一年四月二日逝世，當時正是法國革命開始一步步向一七九三年革命高潮發展的時期，他的逝世被經歷了大革命洗禮的法蘭西人民視爲民族的不幸，全法國爲他舉哀，巴黎全市民衆參加了他的葬禮，他的遺體安葬於著名的先賢祠。

到一七九二年酷烈專政開始的時期，在被雨果形容爲「火爐般高熱」的革命狂熱中，雅各賓黨人搗毀了米拉波在先賢祠紀念堂裡的塑像，還把他的屍體從先賢祠遷出，扔進了某個無名坑。但這顯然是革命狂熱中的暴烈之舉，已遭後人的譴責，米拉波畢竟不失爲大革命後第一個享受了最大哀榮的歷史人物，隨著惡夢般專政時期的結束，他的歷史功績光芒倍增，至今，沒有任何一個歷史學家對他在法國大革命中的偉人作用有任何質疑。這裡，不妨聽聽對法國革命史有精深研究的法國著名歷史學家米涅（M. Mignet, 1796-1884年）在他於大革命後僅二十多年發表的歷史名著中，對米拉波所作的蓋棺論定：

「在君主政體沒落的時候，像他這樣的亂世奇才，由於熱情洋溢、才氣縱橫以及歷經艱危、奮不顧身的素養，自然引起人們的注意。這種驚人的活力必須發揮，革命使他得到了這個機會。米拉波一貫反對專制政權，譴責他越軌並瞧不起他的貴族，激怒了他，使他脫離了貴族；機智、大膽、敢說敢作的米拉波意識到革命將是他的事業和生命。他滿足了他那個時代的主要需要。他具有一個維護民權的政論家所應有的思想、言論和行動。在危險的情況下，他有著左右議會的帶動力；在不順利的討論中，他的一句話就可以結束爭辯，就可以壓倒人們的野心，使對方啞口無言，擊破競爭者的計劃。這個强有力的人，在混亂中從容不迫，他有時激烈，有時和藹，在議會中具有最高的權威。他很快地就確立了很高的聲望，並一直保持到最後，在他死後，由議會與法國舉行國葬。沒有革命就沒有米拉波的幸運，因爲只具有偉人的天才是不夠的，還必須生逢其時。」

在我們面前明擺著的事實是：這部小說的確出自一個不折不扣的歷史偉人之手，出自一個具有理想、使命感、行動勇氣、道德意識與人格力量的眞正歷史偉人之手。這個事實在世人面前提出了一個令人深思的問題，構成了一個有趣的文化現象，即性小說亦可以出自歷史偉人之手，歷史偉人亦可以寫性小說。這個問題，這種現象，似乎帶有一點駭世驚俗的味道。

世人都能理解英雄偉人與凡夫俗子一樣也要作愛，但不見得都能理解英雄偉人亦可寫作愛的書。當然，在中國這樣一個禮教傳統淵源流長的國度，講起話來似乎就像根本不知作愛爲何物的人也是有的；講起話來似乎就像根本不知英雄偉人也要作愛的人，爲數也不少，至於講起話來就像作愛乃自己從來所不爲的「汚染」而誓欲徹底淸除的人，恐怕就更多了。米拉波的例子似乎有助於對人（當然包括偉人、聖人、賢人、救世的人、導航的人、領牧人羣的人等等）的複雜性、多面性的理解，似乎有助於對人事採取一種符合常理常情的立場態度。

對文化研究來說，既無需對此種現象與事例進行稱道讚揚，也無需進行抨擊譴責。這不是一個主張或反對的問題，文化研究的職責在於作出說明。

米拉波的這部小說《天生浪蕩子》（Le Libertin De Qualite）問世於一七八三年。同年問世的還有他的另一部同類作品《色典》。可見，米拉波寫的這種作品並不止一部，當然，它們都是在大革命爆發以前寫的。歷史學家、文學史家從不把這些作品列入米拉波論著的正式書目，經常把它們視爲他早年放蕩不羈的生活的「惡果」。

米拉波生於一七四九年，從青少年時代起，他就精力充沛、才華橫溢，具有罕見的活力，從而也就放蕩不羈成性。十七歲時，他當上了騎兵少尉，到二十一歲時作爲上尉退伍。在他整個青年時期的生活中，醜聞、糾紛、負債、拐逃、私奔之類的事屢屢發生，以至多次進過班房，其中最轟動的一次，是與莫里葉爾侯爵夫人蘇菲的出逃，它導致米拉波在凡瑟勒監獄蹲了三年。他的父親與家庭都不原諒他，拒絕在經濟上給予補貼。不過，他在蹲班房的期間，倒也沒有虛度時光，除了狂熱地大量充實自己的文化學識外，就是努力進行寫作，他著名的《給蘇菲的信》就是寫於凡瑟勒監獄，而這部《天生浪蕩子》則是寫於巴士底獄。三十五歲時，他落魄到倫敦，後又到普魯士，熱衷於社會問題與寫作，陸續發表了一系列政治性的論著，直到大革命爆發前兩年回到了法國並投身於政治活動，從事政治評論工作，後被選爲第三等級的代表。

這就是米拉波的青年時代。在他青年時代的生活中，不難看出有兩個主要的傾向，一是對放蕩性愛生活的追求，一是對社會政治問題的關注與熱衷。於是，對米拉波的複雜性，也許會有這樣一種簡便易懂的解釋：他的性小說是他早年荒唐生活的產物，後來，他改邪歸正了，這才在大革命中成爲偉人。

不過，上述這個解釋不見得說得通，至少有兩個事實對此解釋不利：

其一，米拉波在大革命期間一次著名的演說中，有這樣一段說：「我喜愛很多女人，這是千眞萬確的。的確，我的幸福就在於取悅女人，崇拜女人，爲女人效勞。但是，在所有的情婦中，有一個格外得到我的鍾愛，那就是我的祖國，爲了使她幸福，我願千百次獻出我的生命」。非得把對情婦的愛來形容自己對祖國的愛，這裡有著一種通感（Correspondance），而這種通感正標明了米拉波的個性特徵。

其二，關於米拉波的死，奧克塔夫•奧布里（Octave Aubry）曾經作過這樣的敍述：「他最後的那些日子裡，繁重的政治活動使他勞頓焦燥，他暴食暴飲，又拚命尋歡造愛，整夜整夜地沈醉在狂熱的色慾之中，不自量力地仍要重複年青時代的那般放縱。」

米拉波依然故我，他成為歷史偉人後並沒有提供有德之士所期望的道德教條，如果有什麼對後代作為「前車之鑑」的東西的話，那就是：他不該沒有節制。

目錄

致撒旦的信

撒旦先生：

您是我青少年時代的導師。全靠您我才得以學會如此多手的花招，使我在初出茅廬之年受用不盡。您要知道，我是百般努力地遵循著您的教誨，我是日日夜夜勞勞碌碌地拓展著您的疆域，向您貢奉一批又一批的新的屬臣。

然而，撒旦先生，在這個國度中，一切全都變了，您變得蒼老，您留在府中不再出門，就連僧侶們也不能將您拉走。您手下的小鬼，那些可憐的小傢伙並不比我們這些毛頭強悍多少。他們只向您稟報一些不忠實的故事，因為我們的女人攫獲了他們，愚弄了他們。

我終於尋得了一次機會向您償還債務。我向您獻上我的書。您將讀到宮廷的新聞，還有掛在姑娘們、有錢的太太們以及虔誠的女信徒們嘴邊的新聞。您將會學到最卑下的把戲，縱然您是最最精明細心的魔鬼，在那套把戲裡您還是會被人們嗤之以鼻。不過，但願您貞潔的妻子不來嘻笑您，因為，不久獨角獸的角便會長到您那天使般光潔的額頭上。尤其要小心提防那些長袖廣裙遮蓋之下的粗大陽物，不要過於信任您的夫人，絕不能讓她不戴貞節帶就離開您的身邊。同時，也不要讓嫉妒之火騷擾您甜美的歇息。因為，撒旦先生，您要相信，假如她真心想做，您終究還是會戴上綠帽。即使您可以把她揣在衣兜裡，她仍會在扣眼裡搞出名堂來。

但願我榮幸地擺在您眼前的畫面能稍稍激發您往昔的放蕩！但願這本書能夠讓整個宇宙翻騰震盪！懇請您接受這些美好的祝願，那是我深厚敬意的明證。

撒旦先生

魔鬼殿下

您的萬分謙卑、萬分服貼、萬分忠誠的奴僕

專喜牝門

我的朋友，時至今日，我一直是一個一文不值的無賴。我逐美獵艷，我挑肥揀瘦。現在，德性回到了我的心中。我再也不願僅僅爲金錢而幹，我要堂而皇之地做一匹讓徐娘半老的女人們咒罵的種公馬，我要教她們每月痛痛快快地玩幾次屁股遊戲。

我彷彿已經看到了一個再過六個月就到了不惑之年的胖女人，她向我獻上了包裹著滿滿一腔內臟的又柔軟又厚實的肥肉。她短胖的身子仍然艷美可人。她那包含過多內容的泛紅的乳房和她那個細小的眼睛十分相配，顯露出一種與羞澀毫不相干的東西。她胡亂撫摸我的手，因爲一個有錢的女人，就像她的金融家丈夫一樣，一雙手總是不閒地在隨便摸弄著什麼東西的。我臉紅了。啊！瞧瞧，這一切多麼令人愜意，我的眼睛變得多麼明亮，我的童貞多麼讓我喘不過氣來。你將看到，我還是一個童貞男，我還在長身體。人施予我的多於我所求的。迷人的媚態是名符其實的狂飲狂歡……見鬼，我根本勃不起繃不緊……我變得憂鬱不堪，這種不幸折磨得我無法安生。貪婪的債主啊……正在這個時候，我的手遊蕩起來，它充滿了活力。多麼靈巧的手！多麼明快的節奏！我的嗓音轉達著柔板，我的琴弓奏出了活潑而敏捷的急板。啊！我的朋友，你看那胖娘們的屁股，它是如何地膨漲……她的胸脯吹起了口哨，她的喉嚨發緊，她的陰戶流了湯，她在發狂，她要把我捲了走……對，對，柔柔軟軟地……一陣痛苦攫住了我……人們獻給我禮物。啊！如何才能下定決心接受一個女人的禮物，而你又想對她表明最最純潔的情感？加倍吧，我哭了。金子顯得……金子！該死的，我終於勃起來了，我幹了她。

但是我那貞潔的胖女人付出更多。在我那次不費什麼力氣的勝利之後不久，我被邀請到了荷內絲塔夫人家中。這是一個幾乎絕嗣的家族。府邸中的一切散發著羞澀與正直的氣息，一切宣揚著節制與戒絕，甚至於她的臉，儘管外觀還算動人，但沒有一絲一毫的細節透出溫柔來。她有漂亮的眼睛容貌，如果說她整個體態舉止不成比例的話，那是因爲她的身材顯得太細了一些。

儘管一段挪了位的薄羅輕紗得以讓我從遠處看到了她的胸頸，我還是不會去讚美它的。她的胳膊略微顯得過長，但卻很柔韌。從手臂上來看，人們完全可以期望一條更加勻稱的腿，下面再接一隻俏麗的腳。我們中不乏有氣派的，有神經質的，有患偏頭痛的，有小心謹慎的，有思想乖僻的，有任性而活躍的，還有一個祇在飯桌上露面的丈夫。但是，有時候人們祇像他們自己……沒錯！你會對我說，那個女人不會償付你的……噢，你說得不對，因爲她極愛虛榮，因爲她被慷慨大方之心刺痛，因爲她想領先拔個頭籌。

一開始，你想像得很對，我們彬彬有禮，談吐文雅，我們跳跳腳尖舞，玩同音文字遊戲。夫人很有理智，府中的一切都好得不能再好了……然後，我一直忙到進了她的梳妝間嗎？爲什麼不！……我給她臉上貼一個假痣，我給這隻耳環增添一點別有風趣的小花樣……一頂帽子來了……我的天哪！多麼優雅的創造，趣味之神爲它添插了花朵，全世界的微風都來撫弄著帽邊上的羽飾。這層輕紗，先生李子色❶與英格蘭綠攙合得多麼自然……可是，到底是誰送來的？……你猜到了，我是該受譴責的人，爲什麼一個該受譴責的人不臉紅呢？……我露了餡，我張惶失措，我受氣生……勝利了，她使喚女僕，給幾個最最熱烈的吻，還有一個路易❷，勝利歸於我，當我不在時，勝利之神會爲它們辯護的……

「啊！夫人，假如您能知道別人都在說您什麼！這位先生有多麼可愛啊。他可比您的騎士强多了，我堅信他衹會讓您花費一點點小意思……他還不是個老手，我從他僕人那兒打聽來的，這是一顆嶄新的心。」「可是妳以爲我也足以可愛到能……」「啊！上帝！夫人，這頂帽子多麼神啊！您現在看上去就像是二十歲……」「閉嘴，妳這個瘋女人，妳知道我已三十出了頭？……」沒錯，確實當眞，大夥都知道，出頭都出了十多年了，……

下午我又去了她的地方，她獨自一人在家。爲什麼不該是獨自一人呢？我請求原諒，而同時又更加冒昧；她的心軟了下來，我激動起來，我們……得了，等一等吧……這個女人急急忙忙地讓我丢掉了我那帽子的費用。你猜得對，我的僕人還沒有那麼傻，他沒忘了進來提醒我說，那位大臣還在等著我呢。啊喲！可不是嗎！我向他瞥去心狠狠的一眼。我吻了吻那隻在我的掌心中顫抖不已的手……我又站了起來，離開了……

在此期間，我認識了一位厭煩透了一切，想不顧一切代價尋歡作樂的婦人。她主動地接近我，因爲我的榮譽、她的名聲，還有禮儀規矩……所有這一切都跟她的青春一樣離她遠去……我們很快就安排妥當，她付我錢，我稍微給她潤色潤色，因爲我眞的見鬼似地不願意傷洩元氣……我的公主知道了這點。痲煩也就一個接一個地來了。啊！可親可愛的金錢！我感到了你威嚴的光臨！……最後，大家決定分手，十五天要死要活的日子，我們受盡了煎熬。我有所節制地表示，我的心中充滿了感激之情，我不得不忍痛採取這樣一種……僅此而已！……她付了我雙倍的錢，從此以後，我就和我的梅薩利納❸兩清了。我飛到了另一雙手臂之中，它們讓我享受到了新的恩惠，我品嘗到……這不是普普通通的快樂……而是感覺到我並非是一個忘恩負義者的滿足。

「啊！您想要什麼呢？當人們餵肥了母雞以後，牠也就不再下蛋了。種種的名譽使人放慢了腳步，我也該睡了。」「怎麼，你睡了？」「是呀，夜晚，更有甚之是早晨，這個親愛的早晨燃起了希望之焰，照亮了愛情的搏鬥。她抱怨，我發怒；她空談什麼方法手段，大講什麼忘恩負義，我告訴她，她弄錯了，因爲我走了。」

普路托斯❹神啊！啓迪我吧！……一個神祇在我面前出現了，但他並沒有佩戴他的吉祥物標：這是建議之神，勤奮的墨丘利❺。他安慰我，他恭維我，把我送到了杜塞先生的家裡。你肯定還不認識這位先生吧，那麼請聽我講下去：

一件長袍或一件長外套使他的身段暴露在外。一副臉龐匯集了成熟男子的一切優點，胖呼呼的，恰到好處，新鮮動人。他的一雙眼睛銳利有神。一頭細心修飾的假髮，髮式中透出一絲絲的精神。他的臉盤很寬廣，但又端莊得體，散發出幸福的光彩。他從不大笑，只是一點點的微笑，但就這一點點的笑足以讓人看到他滿口漂亮的牙齒……這就是引導時髦的帶頭人。他的虔誠的信仰者不計其數，忠告建議永不枯竭。

但是，這裡面有一些享有特權的女性，那些將自己深深隱藏在靜謐安泰之中的女子，其實她們藏身其中的陰幽之門是最靈活易開的。如神之父在虛僞的儀表下隱藏著一顆熾烈如火的靈魂和奧妙莫測的美麗品性。你猜測得很對，他的目標正是這些女人。於是我向這位好人獻媚求寵，赢得他的信任，我讓他發現我幾乎和他同樣是一個僞君子。他考驗了我，直到他對我極爲滿意，大放其心時，他把我帶到了某夫人的府邸。

正是在那兒，他的神聖散發出靈氣，豪華變得實實在在，毫不奢侈，一切變得那麼得體，水到渠成，毫無半點刻意的斧鑿之痕……怎麼，一個年輕人來到一位品性最高尚的女子的府中！……恰恰如此，這正是爲了不丢失我的敦厚的品行，至少，要跟我的臉皮一樣厚的德行。我的拜訪日積月累，我們逐漸熟悉起來。我們不久就會有這樣的一次談話，我堅信不疑。

一次佈道之後從教堂出來，她和我一起走回家。我雖不是和她一起去聽佈道的，但我在教堂裡站得離她很近，我低著頭，每當抬頭時，便向天上投去本不屬於它的一眼。路上，我開始激烈地批評起我們周圍的一切女人。要知道，問題出自於我的悠然自得。

「您覺得某夫人怎麼樣？」「啊！我的上帝！她長了足足有一尺長的紅斑。」「不過，她還是挺美的。」「假如她沒有毀容的話，她會有妳那樣的相貌，但是那紅斑……然而，我可以原諒她。她既沒有妳的美麗相貌，也沒有妳那樣鮮艷的色彩。」你以爲聽到這句話時她緋紅的臉色還會增光添彩嗎？「再譬如，伯爵夫人穿得很不體面。」「眞是可笑極了，她把胸脯露了出來……」「好一個胸脯！我祇認識一個女人，祇有她才有權利展示她的裸體。至少，我們看到了美。」注意這瞥在手帕上的那一眼，手帕上的褶皺讓我看到了……再有一眼是懲罰我的，我變得靦腆，窘迫不堪。「你覺得佈道怎麼樣？」「我嘛，我乾脆對妳承認了吧，我當時沒留神，心不在焉。」「不過，道德教義總是極佳的。」「我得承認，不過表達方式也太冷冰冰了。一張美麗的俏嘴肯定具有更大的說服力。比方說，妳的勸告會對我產生何等的效果啊！我感到更有活力，更有力量，更有膽量……唉！……妳讓我愛德性，因爲我愛妳……」「啊！我親愛的朋友，你瞧我在顫抖，說不出話來，蒼白籠罩了我的面容……」

我請求原諒……人們越是給予我諒解，我就越誇大自己的錯，爲了不停留在犯一半錯的地步……我那虔誠的女信徒又重新變得更加敏捷。然而，她仍然沈浸在激動之中，她建議我讀上一點書，那是一段對上帝的愛的論述。我的嗓音是多麼動人！和她面對面地坐著，我那充滿了火焰的雙眼在她身上掃過來瞄過去，窺伺著她。我自由發揮，我出口成章，我給她宣講的已不再是一篇佈道，而是一篇盧梭❻的文章……

但是，金錢，金錢！見鬼吧，過一會兒再說。讓我們輕鬆輕鬆……一個女信徒到手是何等的享樂啊！多麼迷人的小玩意兒啊！這多麼讓你顛來倒去！何等的柔美！何等的呻吟！……啊！我善良的聖母瑪麗亞！……啊！我溫和的耶穌！朋友！你也和我一樣感覺到這一切了吧！……

但是，金錢！你以爲我會那麼傻地不分青紅皂白就拍板成交嗎？……不會的……那太傻了！

我又見到了我的僞君子，我把一切告訴了他。他很謹愼，他要是不謹愼就會失去太多。這一次，是他該來幫助我了。當然啦，他會得到好處的。

三天以來，我那位正在戒齋之中的女信徒衹有拿人造的陽具來解解她的饞渴。如神之父來到了：

「噢！這個可憐的年輕人！他還沈緬在邪惡之中！迷失本性的女子在拖累著他。」何等痛快的一刀啊！「啊！我的神父！多麼遺憾！他的本質是好的。」「夫人，這不是他的錯，即使在他身上，也有道德萌芽。因爲，他是那麼的直率，他曾經對我說：『先生，我負了債，我的內心受著折磨。我也許會鬧到身敗名裂，我會成爲我的責任的犧牲品……唉呀！最戳痛我內心的是讓我離開那位夫人。』」聽到這時，她低下了頭，「『這個女子是多麼令人疼愛，她佔有了我的心……什麼都不能管了，我必須躲避她。多麼不幸的星辰！多麼悲慘的命運！』妳看，夫人！這就是他含著熱淚對我說的話。」「可人家還憐憫我，人家講的是另一些事情，人家還回來……不過，他的債務到底有多少？」「三百路易……」

你以爲一個熟諳了我的撫摸、我的腰板的女人，一個確信於機密、一個不覺得我是個粗魯漢子、一個尤其喜愛花樣翻新的女人，會不在第二天給我一些回報？

我想，你現在會來給我上道德課。但這是可怕的；純潔的愛情是慷慨的；你是一個無賴……見鬼去吧，你在開玩笑，你會虧了大本的。她已三十六歲，我才二十四歲，她仍然如花似玉，但我更強一籌。她拿出了她的好脾性和錢財，而我付出精力與祕密……這難道不算一報還一報嗎？

此外，你願意我一走了之嗎？我給她來一個廣而告之。她告別她的虔誠，我讓她回歸到社會中，回歸到自身中；她最終將改變身份……不，我弄錯了，她只改變衣裙和髮式。

「那是我那位女信徒，她回到了凡人社會，在我的照顧之下。」「不過，還是讓她在默默無聞之中生活更好，你將會失去她，人家會把她從你懷中奪走。」「我也許有別的計劃。等她的錢花費一空，她的珠寶首飾賣個精光，我的任性也早已無存……但是我會看到，她仍將無所顧忌地表現出忠誠來惹我生氣，我不得不摔破罐子對她施威。」「你很快就會做錯事的。」「不，因爲我的結論是這樣的：『夫人，我不敢再回想起妳的善良，它對我是那麼可貴，我從心底感激妳，任何一個人都沒有讓我感到欠下了那麼一筆人情債。但是，妳抱怨我吧。我的感激之情一生一世都言之不盡，是妳榮耀的關懷摧毀我的幸福。我必須停止來拜訪妳，因爲它將會連累了妳。有什麼法子呢！我知道得很淸楚，當我說出這句沮喪的告別辭，我已口述了我的決定。』威力無比的上天！你眞是威力無比！善於裝腔作勢的我這次可開始軟弱下來。我的意中人不斷地流著熱淚，痛苦的淚之後接著的是歡樂的淚。我在套房的每一張沙發上停一停，又趕緊離開，在一連串的停停歇歇之中完成了我的逃逸，在她最後一次恍惚中我溜出了門。」

「當然嘍，有的是辦法。」「可憐的傻瓜蛋！你沒看到，這個女人將讓我名揚千古，我不再需要自吹自擂，我祇消把關心留給她，我是這些樹叢裡鳥中之鳳凰。再說，我並沒有失去冷靜的頭腦。她是某社團女會長的親密朋友，而很久以來，我就盯上了這個富有的寡婦，她不會不從遭我遺棄的那女人那兒聽到她的肺腑之言。你以爲我還不夠老練，還沒有讓那夫人信服，通過那女會長的關係，這會是一次我們再見面的機會，同時讓另一個相信，我離開某夫人祇是爲了她美麗的眼睛嗎？你錯了。」

一切遂我的心願節節成功。不過，我必須把水攪混再攪混……讓我們煽動不和，言而無信……人家生氣惱火，人家疏遠冷淡，兩個形影不離的人不再見面了。

女會長堅持認爲我激起了她的怨憤：於是我升値了，我也變得挑剔了。復仇的欲望眞是無所不能！她和我聯手一起跟她的女朋友搗亂。

女會長的年歲三十有五，看上去卻還不到十八歲的模樣。她保養得極好，卻毫不做作。她的那副外表令人肅然起敬，若不是討厭行話俚語，她眞會是一個小巧玲瓏的技師。她對女人們頗有心計，對男人們則和藹可親，在公衆中十分自制謹愼，總是一副上流社會女子的口吻。

在人的身上，我還從未見到過有比她更活躍、更鮮明、同時又更多樣化的脾性。她的撫摸具有誘惑力，因爲它們直接了當，有二十次我曾試著愛上她。此外，她不是沒有缺點，她對自己懷著深深的崇敬之情。她的決定就是神論，她的戒律便是法令。我從未見過有如此專橫的東西。說眞的，她還在裡頭玩一玩謀略，常常當你以爲你的意願起了作用時，卻不知你已在執行她的意願。

社會上猜測到了我們的事，很快就祝賀起我來，我成了風頭人物。她對我十分信任，我要是沒給她建議，她會認爲一切都不好。我忘了她想從頭到尾地知曉我的事情。有一天我來到了她家。我的眼睛有些發跳。

「你是怎麼了，我的朋友？你的臉色很不好。」「怎麼了！」我說，强裝著笑臉，「我難道會把不愉快帶到妳家來嗎？」她逼我說，我始終緘口不言。但是我心不在焉的情緒，並不沒有因爲一羣人共進晚餐的氣氛而沖淡。她建議我玩一場，我回絕了，到午夜時分我便匆匆溜走了。

你會說了，這很簡單嘛，誰都會這麼做！……我一五一十地告訴你；請好好聽著。

我的僕人是個機靈鬼中的機靈鬼，一個克里斯班⑦，他不也是把那家的女僕弄上了手以解寂寞嗎？那麼，那一天他也和我一樣的憂愁，他的美人兒也跟我那位一樣追根究底逼了個不休。既然他是一個天生嘴快的個性，他便承認說：昨天夜裡，我在某公爵夫人家吃宵夜，大家拗著我，强迫我做莊賭法老⑧。他說我的手氣糟糕透了，輸得一發不可收拾。由於我沒什麼錢，我可傻了眼了。然而最讓我痛心的是，我得摘下女會長給我的鑽石戒指作抵押。但是，這隻珍貴的戒指加上我的所有珠寶居然還不夠贖回我的諾言，結果我落得一個銅板都沒有了。

然後他話鋒一轉落到了自己頭上，因爲這個古怪的人幾乎和我一樣無賴：他也被人逼上賭場，他的錶和我的財寶一樣也留在了財源夫人家中。可憐的侍女阿黛德愛她那殺千刀的，馬上打開她的櫃子，拿出四十個埃居⑨，那可是她全部家當，其中包括我的賞錢。那壞種接過錢就裝在口袋中。不過，另外還有一手呢。

「我瞥見了女會長和她的侍女在竊竊私語，接著又來回來回地踱步。原來侍女把一切都告訴了夫人，夫人讓我的那條惡棍又重複了一遍。她馬上拿出五百路易交給了他。」「一萬二仟法郎？」「是金的，我告訴你吧，好贖回一切並貼補我的零花……當我出門時，我又見到我那騙子坐在馬車上，我們喜氣洋洋地帶著錢財回了家。」「這一切怎麼會不是眞的？」「可是，魔鬼喲，你從哪兒來？眞是不可思議。你還根本沒長成呢，可是卻練出了小聰明。」

第二天早晨七點鐘，還穿著輕便的睡衣，我就趕到了女會長的家。一道溫和的喜悅之光在她眼中閃著。我的手指正戴著她的寶石戒指……我想讓她說，因爲你要知道，我的僕人害怕受罰是不會向我承認一點半星的，她輕輕鬆鬆地就把這個謊給遮了過去，一切全都那麼自然，又是那麼高貴，那麼慷慨。不過，她從我熱烈的撫摸中看得出來，一股感激之情燃燒著我那撫動著的手，我並沒有被她瞄住。當我從激昂中剛剛脫出一點身來時，我講起了慈善。她讓我沈默，對我說，假如人們因給了我一個幫助而感到非常幸福的話，我若再說些什麼，就會剝奪了其中的一切樂趣。

怎麼，魔鬼，如此的愛和慷慨竟不能使你激動！……不，恰恰相反。爲了向她表示我的謝意，同樣也爲了使我稍稍擺脫一下窘境，我讓她和一個我所認識的男子結了婚，他使她成了全巴黎最最幸福的女子。我們從以前的情人變成了好友。我飛翔著，但並沒有落在新的榮譽的月桂枝上，而是落在了新的錢袋上。

女信徒和女會長完美的愛和有條不紊的享受使我倒了胃口，我萎靡不振，愁緒滿懷。正在這時，我的天使將我引到了神聖公平夫人的家。這個著名的鴇母住在社會名流雲集的提克冬納街。我告訴她我正有空閒，而且錢囊空空。她給我開列了一張單子，讓我們一起來瀏覽一下：

第一個。陰門哈欠男爵夫人。「見鬼，怎麼她有這樣漂亮的姓名。這個夫人何許人也？」「她是一個小個子外省人，來到巴黎爲的是揮霍她十年中攢積下的五六萬法郎。」「現在還剩下許多嗎？」「沒有多少了。」「算了吧，這個惡婆子竟然還有一個宮廷中的姓名呢！」

第二個。軟屁股夫人。「她給多少？」「每次付二十路易。」「可以讓她預先付款嗎？」「從來不，再說她也不合你的口味。她太鬆了。」

第三個。强如鬼夫人。「對了，這正是你需要的。她是個美國人，像克雷蘇斯

⑩那麼富有。假如你能使她滿意，她沒有什麼不可以給你的。」「那好吧，你把我介紹給她吧。」「如果你同意，明天好了。」「就在這裡嗎？」「到她的府邸去。」「她這名字倒是有些地獄般的意味，眞讓我開心啊。」

我把名單還給她，好心的神聖公平夫人一臉神祕的樣子告誡我說：「我親愛的朋友，你可算是見多了年輕貌美的，可是你獲得多大的好處呢？梅毒？爲什麼不聽聽智慧之神的勸導！我手裡有一個老婆子，一筆眞正的大財。」「見妳的大頭鬼去吧。」「咳！但願妳的願望能夠實現！它總算比一無所有要强一些。不過我剛才說的可不是小打小鬧，我說的是一座金庫。儘管相信我吧，我們一起來拔她的毛。」「好的，我很願意，我就全拜託給妳了，小心從事。」

在等待回音期間，第二天晚上七點鐘，我去了美國女人的住地。我看到一派金壁輝煌，豪華奢侈的景象，許多金銀製品擺放得毫無趣味可言，一包包咖啡，一管管糖，一張張發票。最後還有一股子怪味，說實話，那是我在衆多場合熟悉得不能再熟悉的腌濨味。

讓我心驚肉跳的是，我聽到在隔壁房間裡有一個男人的嗓音，那粗獷的大笑頓時令我作難。最後，門打開了。來了一個誰呢？我的女神！……眞該死，一個什麼樣的女人啊！

你可以想像一個五呎六吋高的巨無霸，又黑又短又卷的頭髮蓋在窄窄的額頭上，兩條寬寬的眉毛給一雙火辣辣的眼睛增添了幾份剛毅，她的嘴又闊又大，上面長著一層小鬍子一樣毛茸茸的東西，再上面的鼻子滿是西班牙煙草的漬子。她的手臂、她的腳，所有一切都長得男人一樣，怪不得剛才我把她的嗓音也聽成了她的丈夫的。

「見鬼，」她對神聖公平夫人說，「妳從哪兒約來這麼個漂亮小子？他還那麼年輕，簡直是個小孩子！不管了，小個子男人，那個尾巴美……」見面行禮時，她那一抱差點讓我透不過氣來。「見他媽的鬼吧，他還不好意思呢。」「噢，他是個新手小伙。」「我們來幹吧……你啞巴了？」「夫人，」我對她說，「請放尊重些！」說這話時，我已經昏頭昏腦了。「嗳，把你的尊重扔一邊去吧，別跟我來這一套……再見了，神聖公平夫人。這個，這個，我把這傢伙留下了。我們一塊吃飯，一塊睡覺。」

當房裡祇剩下我們兩人時，我的美人跳入了一把沙發中。還沒等玩一玩小過門，我就縱身跳到她身上。三下兩下一折騰，她就成了我胯下俘虜。我看到她的胸脯紅中帶褐，摸著卻硬如岩石。她的胴體妙不可言，一大團一大團又圓又肥的肉，還有最最漂亮的假髮……在整個造訪期間，我的美人牛叫一般地哼個不停，就像一匹狂熱的牝馬。她的屁股擊鼓般地敲打著，她的陰戶狂蝶般地顫動……該死了，一股神聖的怒火直沖我的心頭，我一把緊緊抓住她，按住她一會兒，我開始加速進攻……噢，眞是奇蹟……我的冤家窄門洞開……兩下腰拱，我已經插到了卵蛋的根上……我咬嚙她……她撕扯我……血流了下來……一會兒龍騰在上，一會兒虎臥於下，沙發吱吱叫著，折斷了，坍塌了……野獸倒下了，我還騎在上面。我拚命地亂摸一氣……「快，我的朋友，……快……該死的……啊！……啊！……使勁！……啊！……他媽的……噢！你眞行。啊！啊！啊！……該死的，別把我扔下……噢！噢！噢！……再來……再來……就快要來了……給我……給我……深一點，再深一點……」好一個可惡的婆娘！她那像下雹子一樣左晃右盪的大屁股把我的陽物甩了出來……我又緊緊追上……我的陽物火燒火燎起來……我一把抓住她的毛叢，那可不是脖子後面的叢毛，我勝利地殺回了老家……「啊！」她叫道，「我要死了……」媽的臭婊子！……我咬牙切齒……「要是妳不讓我洩個痛快，我就扼死妳……」最後，氣喘吁吁的她眼神逐漸朦朧，求起饒來。……不……媽的……絕不饒命……我兩頭刺插……肚皮朝地……我憤怒的卵蛋冒出火來。她昏厥了過去……我去她媽的鬼吧，我才不放她離開呢，一直到我們倆一塊兒把精液和血水洩個痛快……

我想，已是時候了，該穿上她的褲子了。等到我們稍稍定了定神後，我的女騎兵一邊慶賀自己，一邊向我道喜。她去洗淨下身，我則盡力搗鼓那被折騰壞了的沙發。

「你在忙什麼，我的朋友？」她說話間已經回來了。「我的人對此早就習以爲常了，我有一個專修傢俱的僕人，他每天早晨都來轉一圈。」

你想得對，我們沒談什麼感情。她難道還顧得上這些雞毛蒜皮的事嗎？我們看了她的房子，她的商店。那是家金條商店，來自世界三大洲的珍寶聚積在那兒……最後，我們來到了一個小房間，她打開了一個小櫃子……

「喏！」她對我說，「拿著這個皮夾……」我裝模作樣地……「得了，來吧。一個像你這樣善於勃發的人，會有辦法簽收下這些小玩意兒的……」

我把皮夾放到口袋中，當然沒忘了朝夾中瞧上一眼，那裡面放著價值整整五百路易的匯票……這就叫做溫柔之資。

我們吃宵夜。我的老天，我可眞是需要塡一下肚子了。是她爲我叫了羊肚菌，塊菰鮮汁火腿，馬賽式蘑菇。甜食是熱呼呼的糖錠，自然不能忘記喝安福夫人牌的利口酒……後來，我又從飯桌撲向了牀，不是嗎？在生活中，我想是可以見到相似的場面的。

本來約好了第三天再見面的……誰知夫人却病倒了。唉！其實這件事情很簡單。她當時熱的要命，不管我怎麼對她說現在仍是嚴冬臘月，她一定要我把窗子打開。結果呢？肺炎三天內就把她送進了墳墓……這是多麼令人痛苦的一樁事啊！我會在神聖公平夫人的家中爲她唸一段哀悼經⓫。

抹去了她的眼淚，聽完了她的怨言（因爲她抱怨我說，我的公主是她最好的顧主之一）之後，我向神聖公平夫人保證，我對這不幸的事故深感悲慟，我已經深思熟慮過了，基於尊老愛幼的原則，我來向她請求幫一次忙，將我奉獻給她提起過的那個老太太。我們選定了日子，我夾塞在八個人之前獲得了優先被引入常動情夫人家的權利。由於我被事先告知她富得要命，所以當公館的氣派，僕人家丁的制服與傢俱擺設的美麗呈現在我眼前時，也沒能引起相應的效果。相反，我更加貪婪地吞噬它的營養……哎！該死的！仙女也不配吸取我的營養啊！

單獨會面已作了安排，她等著我。我刻意早早地修飾一番。我的老太太爲了增添她的魅力，還在她那閒人莫入禁地一般的化妝間打扮呢。我被引進，在一個淡紫間白色的小客廳中等候。裝飾得相當藝術的壁板映襯出千姿百態的傢俱，舉著火炬的小愛神照亮了這間迷人的房子。

一張又寬又低的沙發上蓋滿了英格蘭綠的墊子，表現出某種希望。對壁相映的鏡子將人的目光引向無限遙遠之地，祇有牆上的色情油畫才勾住了人的一些目光，畫上的萬種風流使人心盪神馳。溫和的薰香讓人深深地呼吸到肉慾的搏動。我的想像已經昇騰，我的心臟怦怦嚮跳，慾望的火焰在我的血管中翻騰，惹得我的感官癢癢蠢蠢……

門打開了，一個年輕女子出現在我眼前，她衣著隨意，未經打扮，簡簡單單地透出一股天眞，那種魅力只等著示愛者的致意，眞是說不出的感覺……這就是我的老太婆的漂亮的外甥女，美麗的朱麗。她替她姨母向我致歉，說是有些事務使她姨母耽擱了，並請我接受由她來陪伴我。我也以習慣的客套彬彬有禮地答謝她的問候，我們在房間一角的扶手椅上坐下。朱麗遠離了沙發。（可惜，其實更害怕沙發的倒是我，）我的眼睛在她身上掃來掃去，新生的熱情逐漸熾烈、我在理智和慾望中不斷掙扎。我眼中的火焰使朱麗敬畏有加，我們的談話在表面上冷了下來，然而我們的心靈已經溝通了。

「有妳伴隨著，妳的姨媽必然會感到十分幸福。」「先生，我姨媽對我很有情誼。」「來她家的一大幫人中肯定有什麼可以吸引妳，而妳的快樂……」朱麗嘆息了一聲，「……成百上千的敬慕者……」熱焰竄上了我的臉頰。「啊，先生，假若眞的去掂量掂量這些敬慕者，他們中能有幾個還算得上個人！」「什麼！妳難道還沒有找到眞正夠得上妳的興趣的……」她坐立不安起來。「對不起……我的上帝……我實在有點太冒昧了……不過，小姐，妳不會因爲我對此有興趣而懲罰我吧？」

我們聽到了門把的響動。一個頗有意思的眼色代替了朱麗的所有回答。

那位姨媽終於結束了化妝，她走了過來……我的朋友，你在腦中描畫一個六十來歲的壞女孩吧。她的臉是一隻倒放的蛋。一頭假髮很美地和一部分染黑的頭髮相雜在一起，遮住了髦梢。她那紅紅的眼睛有些斜視，好像不時地在向幕後瞟一眼。一張巨大的嘴，由布爾代配上了一副好牙口，白的、紅的、朱砂的、藍的、黑的，很有藝術性地排列在一起，祇有一雙行家的眼和一副靈敏的嗅覺才能發現其勻稱。

一件英格蘭式的棕白相間的長裙用紗帶在後背扣結，露出珍珠扣環，裙子呈波浪形地拖下去，最下面擺動著極其雅趣的流蘇。一塊人字斜紋布蓋住了五十年前曾可能是胸脯的地方。這便是我第一眼瞟去時尚可辨分的……謝天謝地，幸虧我沒有再多看多感覺一點！

「我的上帝，我可愛的心肝寶貝，」她嬌媚無比，裝模作樣地對我說，一屁股坐到了沙發上，把我也拉了過來。「我很遺憾讓你和一個小姑娘待在一起，你一定煩了吧！」這時朱麗已經消失了。「她是我的外甥女，她衹認識一些人。」「怎麼，夫人，她是妳的外甥女？可是，人家簡直難以想像，她的年齡看不出來。」「是眞的，她的母親一直是我的大姐……」她說著說著就握住了我的一隻手……「我親愛的，神聖公平夫人跟我講起了你，口氣很不一般啊，她講了一些你的事……噢！這一切，眞是不堪想像啊……」「這種女人常常誇耀我們，但是，如果我眞的應該感謝她什麼，那就是她使我得以前來向你奉獻我的敬意。」「好吧，我的心肝，讓我們把儀式驅逐走吧，你的神色告訴了我，你很漂亮，乖乖聽話，尤其不要後悔。現在該到我的客廳裡去了，我有客人，你一會兒來吃宵夜……」

一個屈膝禮便是我的回答，一個親吻讓我閉上了嘴……啊，眞他媽的見鬼，純純粹粹是徒有其表。

「別表演了，」她繼續說，「和我的外甥女聊聊天吧，你看來眞是我的情人……」

啊！好一個迷人的老太太！愛情的晨曦來照亮了我。讓我衷心地擁抱妳！……可是，該死的！油畫！等到那些纏不清的都被驅逐走，我們再相會吧。

我的酷刑於是被推遲了……我們走進了客廳。許多賓客聚集在那兒，在朱麗和她姨媽安排晚會時，我好好地思量了一番。

愛情！愛情，你又來欺瞞我，迷惑我，刺穿我！冷酷的上帝！長久以來我難道不是你的犧牲品嗎？你來報仇嗎？哎呀！太可愛的孩子！要是我懂得怎麼征服人的心靈，將它拿來屈從在你的帝國下，要是我能在你的祭告上點起乳香討你的歡悅，那該有多好啊！……啊！保護我吧！……我心滿意足，一股新的熱情攫住了我。朱麗，我美麗的朱麗將接受我的心，我的激情；而她用濫了的姨媽從我這裡祇能得到一份花了大錢的貢品。

牌局使得大廳一片寂靜，所有的人都在忙碌著。朱麗在大廳的盡頭拿著針線裝作神態自若的樣子，其實她心中焦躁不安，我在一邊則顯得靦腆可憐。

「什麼？」她對我說，「他們已經給你分配了角色。」「啊！小姐，假如妳能屈尊聽一聽我的心聲，妳就會看到它對我是多麼珍貴。」「我承認，先生，不管我對這些話如何習以爲常，也不管對說話者的動機如何瞭如指掌，但是，這些話出於你的口比出於別人的口更讓我難以忍受。」「這麼說，小姐，妳不允許我說它了！……啊！這個我見得太多了。妳把我當成是懦夫羣中的一員。是妳姨媽握在手心裡的一個雇工了。妳以爲我戴著一副欺騙人的面具，我還值得戴面具！無所謂的，妳應該從惹你討厭的事物中解脫出來，也許我會讓妳尊重我的！……啊！美麗的朱麗！會有一天我不再遭妳恨的……可是妳不願聽我說。妳厭惡我，妳蔑視我……而我，我不能長期忍受妳的輕蔑。」說著我站了起來。「我的天，先生，」她驚恐不安地說，「你打算做什麼。我會完蛋的，我姨媽會責罵我的……誰知道……也許她會指責我背叛了她……」「不，不！要那樣的話，她就錯了，妳伺候她伺候得太好了。……妳，伺候她！朱麗！我的天哪！這是何等妙的想法！祇爲了妳的情人！」朱麗這時窘迫不安，强裝出一絲微笑……「我的情人，你眞的這麼想嗎？但是，你來到這兒是受著別人保護的。」「小姐，我明白妳的心了……如果這是唯一能讓我來到妳身邊的辦法，妳還會覺得我是那麼該受指責嗎？六個月來，我一直在崇拜著妳，（我親愛的朋友，讀到這裡，你一定在猜，我連一個字也不會相信的。）我到處追隨妳的腳步，我暗暗激動，我四下打聽，人們告訴我妳那監視者的脾性，我不得不在最最純潔的感情之上蒙上一塊最最無恥的羞布。」可憐的小美人！她被憋得多麼透不過氣來！她的乳房聳得多高！好一對乳房，偉大的上帝！……該死的老太婆，我應該把這點好處給妳！「……妳不回答……求求妳發個慈悲吧，朱麗，我們祇有一點點時間，決定我的命運吧。爲什麼讓我成爲雙重的犧牲者？既要忍受妳的嚴厲，又要接受妳姨媽的寵愛？」寵愛這個詞從我嘴裡唸出來的聲調是那麼淒慘，似乎具有了一種說服力，那姑娘聽得不禁笑了起來。「那好！我相信你！」她說，「你又爲什麼要欺騙我呢？我已經是那麼不幸了！唉！要使我變得更加不幸還不就祇在你嗎……」

我不想告訴你這一場在觀察者的目光下變得甚爲彆扭的談話的更多細節。但是總歸一句話，我們達成了協議，我將做她姨媽的情人，而我們……那外甥女和我兩人……，我們將抓住一切有利的時機見面相會，同時在表面上裝出彼此漠不關心的樣子。

「我們吃宵夜，用完宵夜後，我和我那位親愛的姨媽賭了一會兒三張翻[12]。所有的人一個接一個地溜走。一過午夜，朱麗也起身走了，我一人留在大廳裡。正是這時，老太婆出以溫柔之心向我指導我命運的全部艱難之處。然而我扮個鬼臉回答了她。她出去到她的臥室去了，而我則去換夜妝。最後，牧者情郎的鐘聲，命運之鐘敲響了。一個女僕來叫我，我來到那地方，到處尋找你知道的那位，結果一無所獲。」「一無所獲？」「什麼都沒找到，要不就是鬼迷了我的心。你猜猜她去躲在哪兒。在一個裝得滿滿當當的大錢袋旁邊，位於牀頭小桌的兩枝蠟燭台之間。我摸索過去時碰著了她。我的女神戴著一頂圓錐形帽子……眞邪了門了，她多麼具有魅力啊！土耳其式的大牀，淡黃色的錦緞被單彷彿和她的膚色相映成輝，因爲，白天裡，她的皮膚襯映在十塊洗得雪白的手帕的光輝中，她裝出一副笑臉讓我意識到她還不會來咬我。最後，我爬上了祭台。」「你勃發起來了？」「誰說不是呢！這時刻就應該從無能中勃起呀，不然，就該回絕朱麗，回絕那已變得十分必需的錢袋。因爲那該死的三張賭已經把我囊中僅剩的幾個路易洗劫一空了。」

我說了擁有的什麼東西了嗎？該死的，我當然擁有別的東西囉。瞧，我親愛的朋友，爲了你我沒把幔布拉嚴。

我的手和腳探到了意中人的古老魅力……胸脯……如果需要的話我會借她一二

分姿色的……瘦削而細長的手臂，纖弱而乾枯的大腿，垮塌塌的小肚，枯萎的陰戶，龍涎香薰得那地方都走了味，削弱了它原有的氣息……最後，無所謂了，我勃發起來，我閉上眼睛，我跨上了我的瘦馬，把肉塞進了烤爐。她的兩條小腿架到了我的肩頭上。我伸出一條有力的胳膊把她的下體穿在了我的陽物上。一塊大小相當可以的凸骨正好在我的手下成了我的又一個支撐點。她繃緊的脖子上伸延著一張讓人噁心的臉，嘴巴大開著，向我伸出一條沈甸甸的舌頭，我的腦袋一陣發痲，全身肌肉緊緊收縮，避過了那條惡舌。最後，我縱馬奔馳起來……我的老馬在她的鞍轡中大汗淋漓。她那鏽跡斑斑蚌殼般的肉洞傳電似地抖動起來，幾乎一拍接一拍地和我合上了轍。她的手臂失去了僵硬，她的眼睛轉來轉去，又半合半閉起來。說眞的，這當時，它們還眞算可以讓人忍受……見鬼，我發起狂來，這玩意兒還不來。我推操她……突然，這可恨的女人滑開了我……混蛋，我怒火中燒，狂躁不已。我用腳後跟直蹬著一根柱子，我壓著她，我抱起來她。她現在又起動了……「啊！我的朋友，我的小人兒！啊！我的心肝！……我要死了……啊！我不再要了……啊！啊！啊！……我流……流……了……我的小人兒，我流了……」

魔鬼附住了我的身，她的痙攣足足有五分鐘讓我如癡如醉。風流老婦還像三十歲的人那樣歡樂無窮。她好長時間才緩過勁來，她確確實實已經精疲力盡了。我也如同從水裡撈起來似的……不過，這祇是另一個故事而已。在揩擦汗水時，我看到一頂兩層的假髮，原來是我的淫蕩婆的那頂和我的那頂不知由於什麼友誼還是什麼同情心粘在一起了。這個好心夫人身上亂糟糟的樣子眞是可笑極了。她的便帽和羊毛般的頭髮全都錯了位，一切看來像是魔鬼。……她一臉羞色。「瞧，我的好人兒，」我對她說，「我們之間無需什麼規矩。我自然十分愛妳，爲了證明這一點，我願和妳再來一次。」話音未落，我又跳到她的身上，並一直將此番雲雨引至完美的境地。感謝上帝，她沒有一顆牙齒，不然，我會被她吃下去的。

在這第二場好戲之後，她揿響了鈴……像黑龜奴一樣伺候我們的馬高小姐進來替她收拾一切。我正在穿衣服時，老善婆不吝好辭地一個勁兒地誇我……「兩次喲，我親愛的，兩次喲。噢！這個小天使眞是個奇才，其他人引得我直流口水，而他呢……伸出手摸一摸，我全身都流水了。」

已經是清晨四點鐘了，我湊近去要向她道別，老太太抱著我吻了一下。見他媽的鬼，這一吻可不是什麼好玩的事。她遞給我兩口袋錢，而不是一袋，並告訴我裡面有二百路易，而平時她只給一百。

「不，夫人，」我慷慨地對她說，「如果說我比別人更爲幸運，我絕不希冀得到雙倍的報答，我當然可以接受妳對我的慈悲，但是我不想因此，而不能來看妳，更不想剝奪妳的快樂和幸福。」

「我不是要趕你走，你還是可以常常來看我。」傻瓜蛋！她居然不知道人們就是這樣讓那些可惡的女人破產的……來證明嗎？……瞧，她早已心蕩神馳，不能自制，從她自己指頭上拔下一個美麗的鑽石戒指——我當眞把它賣了兩千埃居——戴在我的手上。於是我趕緊告辭，當然沒忘記懇請她准許我不管白天黑夜隨時隨地都可以來拜訪，而且在表面上裝成朱麗的意中人的樣子，以便爲我們的私通打掩護。我可是一個挑肥揀瘦的人，不過那高尙的姨媽已那樣確實地對我證實了這一必要性，我就向她的愛情繳械投降了。

回到家中，我就該安安穩穩地休息去嗎？不，朱麗……朱麗！妳的形象攪得我心亂如麻，我見到了妳。可惜啊！此時此刻，妳仍受著直到目前依然陌生的欲望的煎熬，妳譴責著我，妳呻吟不已。而我，我在這兒嘆息個沒完……可惡的貪心卻戀著金子！妳逼迫我爲了何等可惡的神祇而獻出了鮮血？……更有甚之！那最最純潔的物質毫無結果地傾流到了醜陋的祭壇上……然而，我得不到補償嗎？我還能在哪兒找到一個更美的女孩子呢？朱麗啊，願愛情在妳的夢中將我打扮梳妝，願夢幻中的色彩爲妳準備出現的魅力……來吧，我的價值，來助我一臂之力，妳變成了什麼？金子，活見鬼的金子，這是戰爭的神經：處處是前線。願愛情的火焰擁抱我的膽量，讓我變成第一號精力充沛的人，在我血淋淋的尖刀下，我要讓以色列衆多的處女倒下……而你，普里阿波⑬！普里阿波！情場好手們的保護神！我祈求你，但願我在老太太身邊時讓淫猥的醉意湧上我的頭！我會向你獻上她完美的一切作爲犧牲……願她在淫蕩時完了命……這是一份值得你好好享受的牲祭。

人們想像得很對，上午我要不去我的好人兒的家，事情就沒個完。在曦微的晨光之中，我被引進了屋。忠心的馬高小姐給了我一些建議以便去討夫人的歡心，我爲她犧牲了一小份金子，一心想去掙回一大堆。我的老太太媚姿百態地接待了我……然而，噢，好一個意外！……你們有沒有見到過一隻蘋果被放在抽氣機的容器裡！活塞的每一下衝動彷彿都在還它新鮮的原貌，她那皺巴巴的皮膚變得光潔了，初昇的陽光照在上面，彷彿給它鍍上了一層原本已失落的金光。瞧我那老太太的光彩，她的眼睛已沒有了紅絲，她好像被吹了起來，要是她能再長出秀美的頭髮，豐滿的胸脯和潔白的牙齒，她可眞是塊拿得出手的好貨……我的手癢癢地嬉戲起來，一絲孩童般的微笑湧上了她的臉。……這時，她很嚴肅地把我趕走，又去料理自己的事了。

馬高小姐是我的朱麗的總管家娘。她蠻有吉兆的姓名與她的性格毫不相背。這個姑娘年輕時曾在一些人人平等的地方交結過許多貴族老爺，她純潔無辜天生有同情心。她甚至還教給了朱麗一種手頭遊戲的要訣，這種詼諧的遊戲是希望人革新的，在法蘭西女子中也很有用。

總之一句話，我讓她明白，朱麗被迫決定改變身份；我還以無可辯駁的材料向她證明我已插手其中是故意要動手完成這一傑作。她成了我的心腹人。我走到了朱麗那兒，正趕上她在梳妝。

說眞的，我可不知道。然而醜腆又攫住了我。我的朋友，她是多麼漂亮啊……灰黃色的長髮，又黑又長的眼睛，臉上的線條恰到好處，若是稍微再呆板一點點，我就會不那麼喜歡了……我們單獨相處，爲了打開局面，我跪在前面開始吻起我的偶像。

「見他媽的鬼，怎麼這麼醜腆！」「毫無疑問，這是一個明證……當我內心害怕時，我會撲向千難萬險之中⋯⋯」「可是，朱麗該不會發怒吧？」「是的，假如她有時間的話……再說了，朱麗是直率的，她的害羞或許會使她討厭我的撫摸的。可她仍然輕輕鬆鬆地接受了。在玩了一些小花招以後，我的位子移到了她的膝蓋上，趁著她化妝時偷偷摸上幾把。她的睡袍繫得鬆鬆寬寬的，只蓋住了兩個美妙無比的半圓球，我祇敢拿眼睛在那上面偷偷瞟兩下。」

我們的日子就這樣在和平之中延續了一段時間。我在朱麗身邊得寸進尺。她的姨媽對我優渥有加：這也就是說我無功不受祿。後來，一個聖日星期六，我去她家吃晚餐。老姨媽對我說她不得不出門，要等到八點半才能回家。她說，一次慈善集會，一次佈道，一項調查，還有所有裝模作樣的事使她不得不親自去應酬。由於容積的關係，善良的婦人把方櫃放在了大袞⓮的寺廟中了。我咒罵，我發怒，本來慶幸這是一個幸福的日子，誰知卻被殘酷地糟蹋了……好心的女人溫和地安慰我：「那麼，我的小人兒，你別發火。我安排一下和你一起用晚餐，然後……嗯！……你說怎樣，小無賴？反正我不願讓你出門……朱麗會和你待在一起的，你們可以彈些曲子……小姐，我希望妳不要讓先生厭倦……」「當然，我的姨媽。」她回答時侷侷促不安，臉都緋紅了。

我嘛，我皺起了眉頭，我還有事務呢……很簡單，馬高小姐已負責把我關了起來，她是故意的。老太婆出了門，我們單獨留下了，朱麗和我留在了漂亮的小客廳裡。

强有力的上天！這自你身上散發出的天火將我們從凡人羣中超拔出來，你看到了我的幸福！……好奇的、冒失的朋友！你也能夠滲入列帕福斯⑮的祕密中去嗎？……好吧！讀吧，吞食並搖動吧！

八面來風吹旺了我的慾火，多麼明媚的陽光，多麼溫軟的春風，柔和的光線滲過半透明的紗窗照得一切溫懶慵倦，純潔無邪的朱麗就在我的身邊，我要憑我的經驗煽起她的激情並把她毀了，淫蕩的油畫經過我的解釋好像變得更加淫蕩不堪，我在她腳邊吐出一串串的祝願，她以她的溫柔一一接受下來……慾望在我們倆的心中激蕩。一種確信無疑的感覺使我的膽量倍增。朱麗的嘴被我漸漸逼近的嘴壓住。她高高聳起的乳房在繃緊的布條中跳躍不停……可咒的扣帶！……快快消失吧……淚珠從她的眼中滾下，我用親吻把它們一一舔乾。她的呼吸越來越緊，我們心中的火焰噴騰而起，流散到我們的胸脯上。我們的靈魂已相融一體……我把她抱得更緊了，朱麗的手臂似乎在推我，卻又像在拉我。她不再抵抗了，她的眼睛半閉半睜，她悠悠顫晃的眼皮停住了動彈……我發掘並瀏覽了何等的寶物啊。

「停下！冒失鬼！」溫柔的朱麗喊著，「親愛的情郎！……上帝……我……我……要死了……」

隻言片語從她玫瑰色的嘴唇中蹦出來。她那基西拉[16]伊甸園的鐘聲敲響了。愛情之火沖上了天空。我在她的翅膀上飛翔，我搏鬥著，天堂之門開啓了……我勝利了。哦，維納斯！請把美惠女神[17]們的腰帶給我們蓋上。

我難道還要描繪一下這使人的心靈享受到寧靜的肉慾的甘美嗎？……不，不，如此的美味是不能表達的。

一切責備都遠離了我，朱麗是不會說我一句的。她倒是想敬我作主人，她想望幸福，她復活，還要去品嘗它……何等的奇蹟！我的沙發也活動起來了！一連串帶藝術性的復合運動喚醒了敏感多情的朱麗內心深處的百般激情，一遇機會，它們便會變得更加活潑。最後，我們被快感和撫摸弄得精疲力竭，不得不停歇下來……我也壓制住了那見了鬼的精神頭，它提供的力道簡直讓我吃驚。我再也認不出沙發了。朱麗把她的一切快樂歸於我的本領……我則小心提防著不讓她醒悟過來。

我沒有逗留更長時間。我的裝束早弄得亂糟糟了。此外，我的老太太也許是做了一次儍呼呼的祭獻。用不著再重覆單調的細節，我們的交易持續了三個月。朱麗一直愛著我。可是老姨媽的頭偏偏秀逗了，以致影響到我和她的事兒。一次家庭全體會議禁止了她的活動，將她送入一家女子修道院。人們從朱麗那兒奪走了我的溫情，因爲人們猜疑她可能在她姨媽家中學到了幾課。反正有各種各樣的解釋。要是我不在親戚中找到一個女保護人，恐怕連法院也會攙和到這些流言蜚語中了。最後，我找到了肉棍夾洞侯爵夫人，她調解了這樁事。現在，我可以向你們講一講我和她之間的一些安排了。

一次溫和的感情糾纏往往比人們所想的要走得更遠。我有幸讓肉棍夾洞夫人參與到這項事務中來。她向我詢問了那件事情的細節。於是我誠心誠意地描繪了一通我的艷遇。她畢竟也是個女人，她怎麼可能對這樣一樁從本質上說僅僅是臣服於美的罪孽表現得那麼嚴酷呢？她生性也喜愛享受快樂，我的兩頭忙乎彷彿向她證明了我可貴的强壯：

「我的天，」她說，「那不會要了你的命嗎？」

謙虛在這時候就不合時宜了。我滿心誠意地回答說，我的體質非但沒有削弱，反而渴望著一次至少同樣有力的服務。她的眼睛瞪圓了，我的眼睛迷惘了，我們的目光相遇了。她本已不是新手。我受了她的恩惠，自然十分樂意報答一下。我們彼此心領神會，用不著什麼廢話。

她的公務常常將她留在凡爾賽宮。而那時候我剛剛服役，總是很殷勤。要知道，在王宮裡人們常常閒得無聊，再說侯爵夫人的丈夫住宿在他的團隊裡，給她留下了牀頭的空白。於是我自動上來塡補。

那是在我們認識的最初幾天，有一次，我趁著等待國王就寢的空隙趕去她的住地，坐上一小會兒。在侯爵夫人四周包圍的男子裡，我注意到一個高高的馬耳他騎士⑱，他很瘦，臉色蒼白，但他顯出一副放肆的桀驁不馴的派頭。侯爵夫人不快的聲調使我堅信他就是我的先驅，而他也該很快退回去了。爲了把他早早趕走，我攻擊他，我揶揄他，他則胡亂自衛一氣。等我出了門，他就跟上了我。在國王就寢之後，他要求我和他一起到瑞士人水池⑲去，並保證說他有事要託付給我。

夜晚是美好的，我們散著步。走到一個相當荒涼的角落時，他突然抽出劍來。我一把抓住劍，使勁一扯便扯了過來，扔到二十步開外的地上，一切做得乾淨俐落，而且冷靜至極。那人大吃一驚，隨之便惱怒起來，我也不去惹他，只是冷冷地說：

「我親愛的騎士，我想我已經看出了你的目的。你和侯爵夫人一直相處得很好，現在看見她要把你拋棄了，你就猜想我可能是你的繼承者，告訴你，你沒有想錯。你想割斷我的喉嚨?我對你的這一友誼標誌感到十分激動。但是，我要直率地對你說，祇有等我看到它眞正值得一搏時我才會爲此而戰。我的名譽得到了保證。人們將不再懷疑我。讓我們都好好地思考一下，我要去和她睡覺了，然後，假如你眞心眞意，我們可以再一起來玩樂……」

我跑去撿起了他的劍，把它交給他。我祝他晚安，就轉身回去睡覺了。第二天，騎士跑來找我，他承認自己錯了。我們彼此熱烈擁抱。然後我到侯爵夫人那兒去，她已經聽說了事情的來龍去脈，再也不因不知底細而給我顏色看了。日子一天天過去，侯爵夫人一直賣弄著風情。她似乎一心在刺激我們倆的欲念，給我一個眞正的情愛。我們正好處在國王旅行不斷的季節，三天兩頭彼此見不到面，就是見面時也難以安排我的計劃。這一切惹得我心煩意亂。我整日無所事事，便一個勁兒地逼著她，終於約定了第二次見面。種種帶有含義的動作跡象告訴我，這次約會將是我所竭力希望的那種。

我在規定的時刻到達約定地點。國王出門狩獵去了，所有人都在外面，城堡成爲一片荒涼之地。但是，侯爵夫人的套房中難道不會人頭鑽動嗎？我們只剩兩人。欲望不可抑制地奔馳而來，它們好像成羣結隊的狂漢，呼嘯著快樂……說實在的，我眞不知道哪裡可以找到更好的隨伴。

正午的驕陽蒸曬著暑氣。半弱的陽光照進屋內，在小客廳中彌散。房間裡可以嗅出一股芬芳的淸香，攙和著種種的薰香與肉欲的氣息。你想像一下吧，在一長溜的方磚地上，一個穿戴得體的高個子女人亭亭玉立。她體態健美，幾根巧妙扭結在一起的帶子輕輕搭住了蒙在她身上的輕羅曼紗。她的胸脯美妙動人，她的臉也一般模樣，尤其那一雙眼睛彷彿眞能傳神似的。她的一口牙齒如同兩排碎玉，一頭烏髮令人羨慕噓唏。一切似乎都在邀請我：這已是開場白了，再要轉彎抹角就會討人厭煩。我在她和我的身上掀去那層糾纏人的蒙紗。三下兩下我便安排好了侯爵夫人，我迫不及待……

我的老天！……將我湧帶過來的浪潮驚恐地退了回來。「哎！你怎麼了？」我……也許眞的有了鬼了……我劃了劃十字，以爲撒旦先生親自光臨插立在那裡……可還是……這難道是我的幻覺嗎？眞他媽的，我敢起誓，你來評評理吧……。一柄八寸來長的雙刃劍自她肚子下傲慢無禮地突刺出來，擋住了我的進路。那花花公子原是想讓我開膛破肚啊！侯爵夫人方寸不亂，反倒哈哈大笑起來，一直笑出了眼淚。我定睛一看，看穿了西洋鏡，心裡石頭落了地，便對那僞善的假貨喝道：「可惜啊！」我告訴他：「我本來是想把它交給你的兄弟的。可是這漂亮的小爺，以天主老爺的名譽起誓……」於是我調轉身，謙卑萬分地向它顯示了柏林人所尊敬的和意大利人竭力恭維的那玩意。該死的。活到今天，我還從未這麼漂亮地脫險過。侯爵夫人把我拉了過去……嗯？……對了，見了鬼了，確確實實見了鬼，活生生地見了鬼……

這時，我已驚魂稍定，等讓那幫子心服誠悅之後，我把肉棍夾洞夫人安置得讓我們倆都心滿意足。侯爵夫人生氣勃勃，一點溫柔也未存下。她被一種熱烈奔放的脾性驅使著，以爲眞正愛著手臂中所抱定的那物件。感官的觸動抹去了，慾念滿足了，她的心同時也枯竭了。十年的宮廷生活造就了一個女人，她愛玩弄陰謀，聰明機靈，城府極深。總之，她的性格與她的社會地位十分相稱。所以，她總是享受到別人對她的敬畏，那是人們對她的狡黠與誹謗的畏懼。但是，當她恬不知恥地揭去倫理道德的面罩時，她叫我見到的是一副讓我臉紅的厚顏無恥的面目。當然，這麼說應有個前提，那就是假如我還會臉紅的話。我假裝小心翼翼、放不開手的樣子。「來吧，」她說，「……可你還是個孩子。我的朋友，這一切都被接受了。告訴你，當我最初住在這地方時，一切都在跟我作對。我從修女院出來，十分年輕，相當漂亮，我還很怕難爲情，眞是呆如木雞的模樣。女人們培養了我，男人們覺得我這樣更好，我四處得勝。」

我在她那兒生活就像在自己家裡一樣自由自在。我們一塊兒睡覺，她見我精力充沛便不放我走。但是，金錢卻一直到不了手，你想，我怎麼可能從一個又年輕又漂亮的王宮裡的女子手中拿到錢呢？……鬼才會給我錢呢。一天，在感官的極度興奮中，我們玩起了好心的阿雷蒂諾⑳在他宗教味十足的書中曾描述過的瘋狂把戲，侯爵夫人難道不會突然把愛情轉移到我的屁股上去嗎？我的玩笑還有我對她的先生的恭維堅定了她的這一想法。她也想盡辦法要搞上一次手……我的朋友，你還從未見到一隻鸚鵡如何在一隻機靈而狡猾的貓面前保衞自己的尾巴嗎？……那就瞧我吧，我鯉魚打挺，駿馬騰躍，放一連串滾珠屁。女魔頭不慌不忙，應對無誤……我感到大事不妙……哎喲，哎喲。

「可是，夫人，這還是一片處女地，基督教徒的信仰啊！」「那好吧，我付它一百路易好了。」「噢，不，不！看在魔鬼的份上，二百吧……」哎！去他媽的，我終於……我實在羞愧得要命，我終於被穿透了……

打了這一場漂亮仗後，侯爵夫人高興地叫喚我：「羅德里格，誰能想得出！」而我則用手捂著可憐的傷口，一臉苦兮兮的模樣……「施曼娜[21]，誰能說得清？」……她的親吻，她的撫摸，她的瘋狂，她洋洋自得地獲得的勝利使得她那麼興奮，我也就不能再抵抗了……「嘿，」我對她說，「壞女人，妳把我弄得疼死了，不過，我可以原諒妳。」我們保證彼此和解，不允許誰有一丁點兒的怨恨。好心的國王達戈貝爾特[22]說得對，不可以離開這麼好的伙伴。我和肉棍夾洞夫人的陰謀把戲一直持續了六個要死欲活的星期。此外我還充分利用了她的怪異的脾性，讓她付出了一大筆金錢。

「我親愛的，」一天她對我說，「我以爲我們不再相愛了。不過你對我總是那麼可愛，我想把你留作一個親密的朋友。但是，一定要避免令人噁心的事。你不會缺少女人的。你還年輕，我不願讓你丟失寶貴的時間，我自忖尚可以指引你一二。來吧，我要爽爽快快地告訴你。從我開始算起，宮裡的女子全都危險萬分，無法用言語說清楚。要說尋歡作樂，她們什麼都不缺。男人們以爲我們是一羣很好的伴侶，實際上，我們是惡中之惡。這種惡在兩性之間穿梭往來，互傳互染，形成一個循環圈，其複雜多樣的後果是無限止的，而它的基礎和目標幾乎總是一個：奸詐無信。

我們從腔調上來看是嬌媚多姿的，從性格上來看是邪毒淫蕩的，快樂對於我們具有無限的誘惑力。但我們貪圖享樂是出於習慣。一個新情人總能讓我們歡悅無比。這樣正好，我每年冬天都要無比喜悅地迎接我的丈夫，在一天二十四小時中不吝嗇地給他以激情的撫摸。幻覺消失了，蒙布掉落了，我認出了他，我認出了我自己，我們分手吧。

在我們中間，感情被看作是一種怪物，我們誇張地、風趣地談到它，有時甚至是細膩地、精確地談它，因爲它從來不能觸動我們的心。以你的殷勤，以你的精力，尤其是你在肉慾藝術方面的悟性，你肯定能在這裡大獲成功。我認識二十多個婦女，她們會飛也似地撲向你，你將爲她們創造出一種脾性，或者說，你將把她們心中的舊火點燃。

可是，我的朋友，你一定要提防某些比妓女們還更僞善的痲煩人，對於人們肆無忌憚地傳授給我們的東西，我們也要毫不留情地捨得給出去。我們常常不值得爲我們自己引起的後果而懊悔。爲了避免這些在鮮花的裝飾下顯得更加危險的災難，我們要丟棄羞澀和溫情，它們祇會葬送你。這裡，人們祇把它們當作滑稽可笑的詞彙。

廉恥是一張遮羞的臉皮，端莊是虛僞的外表，種種品質變了本性，德行塗上了邪惡的色彩。但是，時髦和優雅美化了一切。人們在標估精神時祇是看人說得如何。一句話，一切財富都取決於我們。我們和它是一樣的盲目，因爲一個白癡常常在夜晚提出重要的忠告。

保持一種大膽、魯莽、放肆的外表吧，即使在兩個人面對面時也不妨如此。勇敢地迎接冒險吧，你祇有在軟弱時才會顯得冒失莽撞。我們唯一不能原諒的失敬，是拚寫的出錯。在公開場合改變你的聲調吧，勤奮地獻情求愛去吧，不要吝惜讚美詞和小殷勤。人們要求你的並不是小心謹慎。我的朋友，我們祇在處境不利的情況下才會害怕洩露祕密。」

侯爵夫人停了口。她的沙發就在不遠的地方，我們從容不迫地告別。在離別時，我獲得准許不時地更新花樣……除了被人刺透的那一種。

於是我自由了，我躋身於王宮的各個社團。我在那些社團裡的女士們身上以好奇而犀利的目光瞟來瞟去。由多到少，我也好幾次地描畫出了侯爵夫人的畫像。跳舞的季節到了。我喜歡跳舞就像是著了魔一般，但是因爲不是穿紅鞋跟㉓的，我無法進入某些高等權貴的府邸；於是，觀察別人就成了我的補償。我獲得准許進入到一個公主家中，她除了才思敏捷之外，還談吐自如、心腸柔軟，這些都是出了名的。我評價她生來就注定要吸引人們漫漫無期的眷戀，而自己又過於明智而不致於招搖過市。以她的年紀，憑藉千百種惹人的本錢，竟然就此卻步！……哎！愛情之神會說什麼？他難道會把箭交給她射中唯一的一顆心，就像把一枚枚別針插在她化妝台的針墊之上？

「我查閱我的魔法書，知道人們已經不再能夠把慷慨、才華和靈巧結合在一起。我還知道，即使作爲一個卓越的說教者，他的戒律也毀滅不了他的感官享樂。我以爲一點點兒的强迫能夠增加它本身的價錢。」「你說的到底是誰啊？」「噢！你問的也實在太多了。去看看大戲院的戲吧！當人們演《女管家》時，你將會看到他扮演一個內心無限珍愛著的角色，這會使他贏得一片鼓掌聲。」

混雜在一夥男子中間，我們行使著對跳舞者的批評權：「哎喲！善良的上帝！

那個如此瘋狂如此怪誕的小個子女人是誰？她的頭髮蓬成一團，她的裙環都歪到一邊去了，整副打扮亂糟糟的……。當眞的，我看她這樣祇會更漂亮。她所有的線條都活了，她的動作眞是激烈，她渾身閃耀著光芒。」「她是某某公爵夫人啊，」雷東伯爵回答我，「你不認識她嗎？我來給你介紹好了。她喜愛音樂，你會討她喜歡的。」第二天，我便揪著他逼他履行諾言，我們一起出了門。

晚上六點鐘時，公爵夫人正穿著浴衣。一長綹一長綹的頭髮從隨隨便便斜搭在腦袋上的浴巾上搭拉下來。她抱吻伯爵，朝我致意，向我問這問那，抓住我一起複習羅蘭㉔的雙人舞。這一切祇持續了一點點時間。一開始跳時，我還手腳冰冷，經過一番如同基馬爾㉕一般的色情迷迷的交鋒，我的膽子大了起來，我的心熱了起來，我……啊！我的朋友，當人們衝動起來時，跳雙人舞眞是一件美事。伯爵在一旁不斷鼓掌打斷我們。她連連稱讚我跳得像維斯特里斯㉖一樣好，說我的腿腳簡直就像杜貝爾瓦勒㉗一樣。她讓我答應她以後再來和她一起練習，並允許我隨時隨地都可以來看她。隨後，我的小淘氣叫來了女僕們。伯爵退走了，我還留著。她梳頭的樣子惹得我笑痛了肚子，她還直問我梳這種樣子好還是那種樣子好。我幫她稍稍加以修正，使她有那麼一點兒壯漢子的氣派，她看了連聲稱絕……她穿上衣，出了門，我揮手作別，轉身走了。

我心中自忖，這一位現在當然還沒有時間來使壞。我躺下睡覺。她一臉狡黠的神色折磨了我整整一夜。我迷迷糊糊起了牀，早上十點鐘就跑到公爵夫人家中。她正洗完浴出來，鮮艷得如同一朵玫瑰花。一件長禮服把她從腳裏到頭。僕人端上了熱巧克力。慌亂間我從頭到腳都弄髒了。她撲到鋼琴上。她的纖纖小手在琴鍵上飛快地跳躍。她很有趣味，一副細細的嗓子，音色迷人。但這一切祇是對靈魂而言。我想上前彈一曲，便說一聲「我可以爲妳效勞，」這時我見她非常敏感，有些慌亂。於是我們彈兩重奏。我使勁擠她，擠得她不禁軟了下來。她頭腦發熱，心口發緊。我吐出一聲嘆息，嗓音靜止了，手指停頓了，胸脯起伏不止。我火辣辣的眼睛抓住了這一切動作……呸！一切都見鬼去吧。她拋下鋼琴，捶了我一下，說了聲對不起，來了一個擊腳跳，賭氣地跳到她的沙發上，然後又站起來，發出一連串銀鈴般的笑聲。

幸虧這時加代勒來了，我總算下了台，我們跳起舞來。然而我滿心喜悅地注意到她對我很感興趣。她矯揉造作地誇獎我。加代勒絕對不會向她說一個不字。我臨出門前，她請求我原諒，千言萬言對不起，請我一定讓她悔罪。你瞧，這個劊子手，這個小小的僞君子。我握住了一隻手在上面佈滿了熱吻，不料另一隻手卻給了我當頭一個耳光，我也毫不客氣用一個最大膽的吻壓住了它補救這個耳光。

第二天，我又展開了欲望的翅膀飛到她那裡。她原來求我帶給她一些新的詠嘆調曲子，我就給她帶去了。她還在牀上，一個女僕掀開布簾，我走了進去，一把放在她身邊的扶手椅向我伸出了兩臂。「我倒更喜歡靠在一個托座上，這樣可以維持我的高度。」

神聖的卡拉齊㉘，你在哪裡？快借給我妙筆，我要描出這個女孩子！……

一頂農民戴的便帽半扣在她的腦袋上。她的線條體現不出任何比例。一雙黑色的眼睛美極了。她的嘴是最漂亮的那種，鼻子有些向上翹，額頭好像太小了，不過在頭髮的遮蔭下卻更添韻味。兩三塊煤玉般小小的胎記毫不留情地在白壁之上留下了微瑕。她的皮膚不太白，但很有光澤。即使最純的胭脂也不能與她面頰及嘴唇的鮮紅相匹敵。

在零零碎碎的荒唐念頭閃過之後，我把帶來的樂譜給她看，她便請我吟唱……於是我展開了輕飄飄的歌喉。突然，牀單一掀，一對玫瑰與百合般的乳房躍入了我的眼簾……韻律顫顫而動……我繼續唱著，一會兒是一條滋潤著愛情的圓滾滾的胳膊，一會兒是一條蹦蹦跳跳的鮮滑的大腿，一段細巧的小腿，一隻迷人的小腳，它們一個接一個地在牀上款款遊蕩，刺激著我的全部感官……我顫抖了，我不知道我在唱些什麼……「快唱啊，」公爵夫人對我說，我眞想像不出她還能保持得住那股冷靜。我又重新開始，馬兒仍在蹉躂。我的血液沸騰火熱，渾身的神經被挑逗起來，刺激起來。我的心在突突亂跳，我的臉上早已是一片汗水。那可惡的女人打量著我，綻開了笑臉，吐出一口氣……最終一跳，她將自己的全身暴露無遺。「該死的。」我的雙眼噴出火焰。我一把扔開樂譜，猛地扯掉那些礙事的扣子，我撲進她的懷中，我叫喊，我咬嚙，她也同樣回報我。一直到反覆衝擊之後，我才從容收兵。

一時間，公爵夫人暈了過去。這開始使我擔心。但我採用了一種從未讓我失敗過的特效療法。我有一條伶俐易轉的長舌，我把嘴巴湊到那個漂亮的肉球頂端的玫瑰珠上。一陣幾乎覺察不出的隱隱約約的顫動讓我對她的狀態放了心……

「上帝！哦，上帝！」她摟著我的脖子說，「親愛的朋友，你找到了。」

「嗯！找到了那種別人非讓我相信我並沒有的情慾。」

親吻開始變得狂熱起來，我的衣服一件接一件地脫落下來鋪滿了地板。最後，我們兩人如同可笑的才子所說的終於一個面對著另外一個。我向你起誓，我的小公爵夫人根本不是那種害怕男人脫得精光的假正經女人。她有些疑惑。需要一一將它們打消。每一個新的處境都讓我發現新的魅力。眞是一副好得不能再好的身體。豐滿而不肥腴，苗條而不瘦削，纖腰柔軟讓人百摟不厭……哎！當然啦，我和她玩了個顚鸞倒鳳，萬般風情。

我倒是愛美不惜命，但既然慈善的上帝不願讓我們無休無止地運動到底，那祇好終場收戲，因爲這遊戲雖不煩人卻也累人。我的公爵夫人千言萬語祇有一句妙語在口，當下由於我放慢了她遊戲的節奏，只剩下一個扁扁的，單調無奇的小玩意，她就放出了那句妙語。我是多麼喜歡聽到從一張美麗的小嘴裡蹦出來的這些細言絮語，它們將一個心蕩神馳的懷情女子變得那麼可愛、那麼珍貴。一個恰到好處的妙詞能讓一個愛撫身價百倍，令它越發激動人心！快快撤銷歡悅場景的前奏曲吧，那令人心醉神迷的魔幻話語是那麼經常地幫人們重陷溫柔鄉……厭倦和我們一起在美人兒的胸脯上打哈欠。愛神消遁而行，百般的快感飛逝得無蹤無影，人們酣然入睡不願再醒。

這就是十五天裡我在公爵夫人身上感覺到的漸變：我們的開端過於激躍，飽膩便生厭惡。我正處在這個漸變中。一天晚上回到家中，有人遞給我一個珍寶匣和一張小紙條……

「瞬間裡我成了你的情婦，瞬間裡一切變了模樣；但是先生，我，我感謝你的關照，我請求你留下這個珍寶匣，它將代表一個女子的形象，她於你是那麼珍貴，而她自責不能讓你的幸福持續更久。」

我一下子就看出這紙條出自何人之手：公爵夫人是無法口授出來的。我回答道：

「夫人，妳的好心善意有權令我感動，假如妳的心尚能珍視我的價值的話。在我們的私情中，我運用了我的方法，其能量早已討得了妳的歡心。我既不氣惱，也不怨恨。能享受勝利的榮耀，而不渴望撤退的體面，於我已經足矣。八天以來，我等待著妳的命令，能證明我的敬意，便是我沒有預見到它。妳給我的肖像將是妳對我才華的重視的明證。夫人，願代替我的那個有福之人給妳帶來更多的幸福！你們倆得給我一個甜蜜的謝意，感謝我讓你們嘗到了價值的滋味。」

我的後繼者，一個很有思想的人，也像我一樣沒能堅持幾天。她又換了一個親王。說眞的，在倫理道德上，他們倒是更相配，而從體力上說，她有她的僕廝，那是一個公爵夫人的家常便飯。

等我寫完便條，我就打開了珍寶匣，發現裡面有一些相當漂亮的珠寶鑽石，還有一張公爵夫人穿浴衣的畫像。眞是奇怪，我居然機械地將兩唇貼了上去。我承不承認我的喜好？我又一次遷就了這個漂亮的小玩具，我以她的名義做了一次澆祭。我的任性隨著澆祭消逝而去。

我又來到了肉棍夾洞夫人的家。前一時，她正放我歸家休息。此外我們倆還訂立了建立適當友誼的合同。這個女人近日來好像深刻了不少！眞的，從她接待我的方式上（接待持續了整整兩個小時），我以爲她都認不出我來了。當她處於聆聽狀態時，我向她講述了我的奇遇。雷東伯爵早已對她說過了什麼。災難使她愉快，使她輕鬆。正當我倆說到近來的醜聞時，僕人通報陰幽谷夫人和另一個夫人的到來。那另一位夫人實在也是身價不凡，令人不免有所感慨。上一次她家大宴賓客時，我竟掉以輕心未上門作一拜訪，她便熱情昂揚地跟我鬧個不休，我亦興致盎然地連連作答。後來我要求把鬧騰形式變成情場追逐，她也欣然同意。

拜訪結束時，我親愛的肉棍夾洞夫人對我說：

「我的朋友，我又要失去你了。告訴你吧，有人看上你了。這一位是個新發現。好好地行事吧！……你要推她……推她……懂嗎？」「夫人，妳還不知道我是多麼善於推女人嗎？要不要當場證明一下？」你們可以想像我做了一個什麼樣的動作。

她立即抓住我的話柄，非讓我好好地證明一下不可。我們告別分手。我親愛的侯爵夫人祝我走好運，我便跑去精心準備。

梳洗得整整齊齊，打扮得漂漂亮亮，身上再灑了點麝香香水，像盞聖餐杯那樣閃閃發光，我來到了某夫人家。她家賓客雲集。一陣寒暄過後，我足足打量了一分鐘，將聚會的陣勢看得一淸二楚：八九個紈袴子弟踩著紅鞋跟旋轉起舞，他們便是拍女主人馬屁的阿諛奉承之徒，他們拿一種熱辣辣的目光盯著女主人，歪頭斜腦地作出曖昧的神態來向她致意，又拿枯燥無味的玩笑挑逗她。另有十二三個女子，行爲大膽，舉止放蕩，一副迫不及待的樣子，一望便可而知。我的老師是一位大人老爺，整整一個主教管轄區和兩個租金爲十萬法郎的修道院給了他特權來鼓吹美德，向整個都城的姑娘或者向王宮裡有爵位的女子鼓吹美德，這是一回事。

「你看，」他對我說，「這個胖胖的男爵夫人，她的臉孔閃著光亮，她的大圓眼睛掛在又黑又粗又硬的眉毛下……該死的，這是一個能幹的女人。車伕也好，僕奴也好，她通通叼到口不放。她是個不壞的情婦，還經常換人。不過她喜歡把他們徹底解決掉。上個星期，她還把兩個人送進了殘廢軍人院㉙。當她找不到別人時她也找自己的丈夫。她把這可憐的魔鬼折騰得氣血雙虧。我說這話的時候，他已進了不治之症收容所。」「那個人高馬大，一臉枯色的金髮女子是誰？」「怎麼？你連米南東伯爵夫人都不認識？」「不認識，可她幹嘛這麼拼命地搖扇子？」「這個，她那是在裝腔作勢呢，不過，見她媽的鬼，」（請注意，這是主教大人在罵）「誰不信誰就是大混蛋。半年前，她還澆了我一泡熱尿……我的那話兒現在還懲得疼呢！」「大人，這就是所謂的出了他的教區。」孔東教區㉚……「那個湊著她耳朵說話的是誰？」「跳上身夫人，她是國王近衛隊官兵們的客店。」「她會變成小飯鋪的，當心梅毒。」我正要打聽得更細，這時有人過來和主教夫人搭話，談話內容變得泛泛，我們的密談也就結束了。

這是一個漂漂亮亮的人，小臉紅嫩嫩的，嗓音尖細，聲調尖利；他審判，他裁定，他刪節，他伸出鼻子嗅，看他說話做事就像在看戲一樣。作家或遭噓聲，或被愚弄，或被讚美，我敢保證，這裡面的種種把戲實在和他們毫不相干。

最後，人們轉到了音樂。某夫人叫我：

「先生，這可是你的事。我知道，你是個愛好者。」「我？夫人，我根本不是音樂家，我唯一的長處便是認眞聽。」「得了得了，我親愛的，」滿胖有火侯爵接過話去，「在這種情況下，請聽我一句，你還是按我說的去做，……」我，我生來就是爲了音樂。我有我自己的觸覺，它從來不欺騙我，要在善良天性驅使的善舉中找出虛榮心那可就有些自命不凡了。哪個魔鬼曾經吹噓過他的耳朵？我觀察到，在這一點上侯爵很謙虛……然而，我根本不喜歡這段格魯克㉛。在音樂中是沒有可笑的詞兒的，沒有一點可憐的小曲子可以幫人痛痛快快地暢飲香檳酒。應該把這個人的樂曲分解，從中找出兩三個句段再湊成一段迴旋曲。你的皮契尼㉜根本聽不到和諧，沒有基馬爾跳的芭蕾舞曲，我本可以從頭到尾哼一曲他的《羅蘭》。

「先生不喜歡《伊菲萊涅亞》㉝的序曲嗎？」「噢！不，我親愛的，不喜歡。這叫人渾身起雞皮疙瘩。咱們還是談談《叛離者》㉞的序曲吧，那才是眞正的序曲，這和新橋㉟一樣順口好喝。小纓子先生給你寫了一個漂亮的歌劇，我支持他，與他風雨同舟。沒錯，我怎麼也想像不出正廳的觀衆怎麼竟敢起他的鬨，反正我對動作與演唱一律鼓掌歡迎。他的低音部老是弄出第二高音部來，當然，小提琴重覆同樣的東西。但那加强了和諧……這些跳舞的畜牲自以爲別人不會跳他的芭蕾舞曲。我們決定要跳到最後一拍。」「他們也許想跳出醉意，跳出肉麻來。」「是的，還有厭膩……我最喜歡的是快板。」「侯爵先生，那很快就會跳煩的。」

某夫人嫣然一笑，侯爵顯得略微尷尬。這一切告訴我他可能需要休息。大家忙著安排派對，談話就此停止。我在吃晚飯之前就告辭出門。不過夫人早就抓住時機和我訂好了第二天在她的化妝間約會。

我忘了向你描繪她的容貌。這位夫人三十有八，她不避諱這一點。她的皮膚相當白，全身上下都是又細又嫩，如果她臉上再多長點肉，那麼一副鵝蛋臉就會變圓。她的眼睛很美，不用獻媚就顧盼流波。她的嘴生得很大。略略偏長的身材不仔細看注意不到。她的胸脯繃得太緊，乳房很小，位於有地位女子的位置，也就是說長得偏低。低雖偏低，不過肉團很是結實，尤其敏感得時時要顫抖一陣。她的胳膊和手都很瘦削，小腿還可以，腳就很迷人了。在公衆前致詞簡明扼要，而且意圖……國王也是這麼對她說……這個新聞來自幾個貴夫人……大臣們是她的朋友。她有時給他們一些教訓，不過一般都是建議。你不是願意講一件事嗎？她便會揭示出事情祕密的原因所在。你不是聽說有一樁婚事嗎？那是她介紹的新娘，而她又是年輕的新郎的保護人。她知曉一切，深入一切，看到一切，猜測一切，得她寵者事事發達，受她保護者處處安全。她有一大批聽衆，有一個祕書，一個捐稅核定人，一個司庫，一幫買賣人，幾家事務所。

「不吹牛，你和那雌兒在一起定會發大財的。」「你等著人給你施恩，可很快你就要恩澤他人啦。」「我擔保你會請求我榮幸的保護……跪下吧，該死的，我們快點啊！我要佔有我的職位，我要把我的職位繼承指定權交付給你。」

我來到了這位夫人的家。早有人等著迎接我，似乎我是一個被等待已久的貴客。我著實是刻意打扮了一番，當然花的都是她的錢。由於不停地打量著女僕，我弄得她們全都不好意思地轉過頭去。她們最後都笑了起來，她們的女主人也眉開眼笑。

最後，我們祇剩下兩人……見鬼，我從心底裡覺得靦腆又俘虜了我……一把沙發迎接了夫人……我就跪倒在她的腳下，要知道，我對沙發總是懷有一種特別的溫柔之情。

「實際上，」她對我說，「我安排得滴水不漏。」「我也看不出有什麼比這更自然的了。」「我覺得自己受到某些個偏愛的保護，還有我所佔據的地位……」

「實際上，夫人，我很贊同某些安排。」「可是別人又會怎麼想像呢？」「會想像我敬慕妳，我相當幸福，我不讓妳感到失望。」「我確實是看上了你，我的朋友。」「我的幸福便將是滿足妳的打算。」「你有思想，又有激情。」「啊，夫人，在妳的身邊誰還能缺這些？大自然都在妳的光芒下激奮不已……」聽了這話，她當眞激奮起來，她的額頭放出了光彩，她的手顫慄起來……愛情啊！愛情！……我的小像伙快來啊。「你的衣服眞是漂亮。」「我看妳好像很喜歡這種顏色，我一定經常穿著它……我的上天！這種帶子的式樣眞新穎。」說話間，排鈕鬆開了。「你在幹什麼？你在幹什麼。我的女僕們會說什麼？」「啊！夫人，不要浪費時間了，……好好利用這段好時光吧。」「我的天！要是有人闖進來可怎麼辦？」「誰好奇誰活該！」

我的雙手像馬蹄一樣疾行，嘴巴湊到她的乳房上，在舌頭的鼓動下，她的乳房膨地漲了起來。「哎喲……啊……」她的腔調都變了，「小妖怪，妳贏了我……」溢美之辭衝口而出，我的飛馬脫韁般地奔馳，城堡被攻克，嬌娘被征服。但是我；還等著她來第二次躍起。我壓，我推，我銼，她簡直就像一條蛇在我身下屈伸蜿蜒，一絲一毫也沒被放過。

「啊！……啊……我的朋友，公……啊……公爵，也不如你强……親王也會漏過這一招，……大使也從來沒有讓我洩得這麼痛快……」我眞相信她會讓整個宮廷的人在我跟前過一通，要不就讓魔鬼把我帶走。

當我們眞的確信再沒有什麼可幹了時，我們又交談起來。夫人早把那總掛在臉上的尊嚴相拋到了九霄雲外。我是一個幸福的情郎，她賜給我一切相關的特權。因爲，我祇有和她提到信貸的事才能更妙地談情說愛，我知道怎樣挑起話頭。再說，我很有興趣要鑽到她的祕密中，見識一下她的才智，領教一下她的手段。我絲毫也沒有忘記我的主要目標，我珍愛的金錢！……仗著自己見多識廣，我深感能夠操縱事務從中漁利。

我從容不迫地一下子就將她引入到急不可待的地步，光彩照人地享受愛的快樂。從開始的這一刻起我的美人兒就暈暈乎乎地入了港。但是要知道，野心勃勃的女人們對快樂總是不那麼敏感。而虛榮和私情會耗盡她們的所有才華。如果時時刻刻想復仇，想嫉妒，給這人以毒藥，給那人以短劍，那麼愛情就會離她們而去。我只消等候著一次冷靜的、不太激烈的歡樂。我不能夠以從感官上征服她爲榮，要緊的是從言談中征服。

我相當充分地了解她：這個女人十分看重自己，虛榮得要命，想像力狹窄，沒有什麼眼光，或者說目光短淺，缺乏固定的計劃……

於是，一個精密的計劃形成了，目標便是迫使她屈從，控制住她，利用她來發我的財，或者乾脆把她甩了，假若她眞是廢物一個的話。

一般說來，我祇需要十五天就可以成功。我知道如何讓這位夫人按我的計劃上鈎。她老老實實地接受了我的想法，卻還以爲祇是在跟隨著自己的想法行事。她的祕密全都掌握在我手中而我的祕密卻對她不透一絲風。這還不是一切，她還在主持她的事務，必須讓我來當主人才行……我只要願意……一切便歸到我手。從此，我成了契約的仲裁人，我修改價目表，（而不像你們想像的只是降價）。我的酬金一分一厘也沒忘了付給我，而且，我的女老板還和我一起分享我那相當放縱的意識命令我歸還她的那一份。

我早已預見到這一切的後果不妙，這個夫人會因敲詐勒索而受懲罰，但我實在太精明了，根本就沒有在這事情中露過臉。我根本就不願謀一個席位。行而不露，確實是行家的機智啊！在跟你們講述一場災難以前，我還欠你們兩三個艷遇；它們實在値得一提，跟那些從我眼皮底下匆匆掠過的凡人瑣事簡直不可同日而語。

長期以來，在我們這塊土地上人人皆知的里加諾教士申請著一份俸祿。他自己的那份本來已經相當豐厚了，但這位親愛的、以繁殖力旺盛而著稱的修士每年都十分規則地造出四條小生命。出於良心原則，在擴大收集認父的孩子們之前，他都要付好幾個月的哺育費。有人向他介紹了我們的事務所，他便來看我。他的要求在我看來很簡單，理由也很充足。

我要他寫一份詳細的報告，他第二天就寫好送來了。他拿花言巧語把我吹捧了一通，並遞上一個垮塌塌的錢袋，我的眉頭不禁皺了起來。

「先生，這個，」我說著掂了掂錢袋，這祇是個小數目……打發門衞、聽差、祕書、權桿去吧。」教士的身子顫慄起來，一句話都不敢回我……

我審閱了報告。我發現其中有困難……他求我多多美言關照，一定幫個忙。「在這種情況下，教士先生，你拿對主意了。你想要一個年息一萬二千里佛爾㊱的修道院……我看你是我的朋友……這樣吧，一千路易拿來，修道院就歸你了。」他大驚小怪地喊叫起來，「怎麼？先生，這可是不可能的。氣死我了。我可是什麼都做不到。你折斷了我的手腳。……」我拉響了門鈴……「大臣不是也來求我了嗎？回答是一清二楚的」……我拿起帽子，教士緊追不捨地跟著我。我沒給他好臉色。

他發起怒來。我的嗓音比他還高，我威脅他要將他的行爲通告契約持有人，……我喃喃自語道：欽印密函㊲……他趕緊溜走，跑得飛快，我打開錢袋，發現裡面祇有可憐的一百路易，那無賴竟以爲這點小數目便可打發一個像某某夫人這樣的女子。

又過了一段時間，有人給我介紹一個十分漂亮的女子，我一下就神不守舍了。她爲丈夫謀求國王的侍衞副長官之職，打算以二十年的服務和可能的流血負傷當代價買下。你以爲慷慨之心會在我身上應驗嗎？你不會猜錯的，一開始我作出種種跡象，向她顯出最最善良的心腸。她開頭很靦腆，但她又很溫順，不到一個小時，我們變得那麼熟悉，最終成了同一個肉體。

「怎麼，你搞了她？」「不……我把她打發給了別人。……見鬼了，你怎麼還不明白？眞是個傻瓜。……那是我一生中找到的一個最漂亮好動的娘們……作爲一個外省女人而言，她是眞正有才華的。」「至少，你幫了她的忙而沒有向她要錢。」「噢，對，這個倒是如此，我們祇是商量，由她寫信給她丈夫，讓他付一萬里佛爾給公證人獲取公證證書。至於她，我送給她一盒子黃金飾物，那原是一個來買貴族稱號的無賴在早上獻給我的，它値二十五路易。你看我是多麼慷慨大方……這遠遠比金錢的利益强多了。」

我們的事情進行得很順利。在我幸運的手掌下，黃銅變成了黃金。某某夫人對我佩服得五體投地。她和全世界睡覺，但我卻是頭號寵人，因爲我的錢包飽。然而，有時我也感到良心的發現，它很快地治癒我：弄得不好，這很可能會砸了飯碗。總之，我祇是小心翼翼地行事，唯求小心發展，不求大大顯露，以便隨時隨地洗手辯白。

幸虧我……事情原來是這樣的。「一個年輕富有的女子有一個情人。」「漂亮的開頭！哎！哪個女人那麼傻會祇有一個情人？」「還有一個嫉妒的丈夫。」「太好了，接著說呀！後來呢？」「以人的名譽起誓，這類的怪人倒是少見。不過，總還有那麼一些，不然，這一類恐怕就要絕種了。」那畜牲覺得自己的妻子和一個商務代理人睡覺實在臉上無光。而他妻子也不能忍受瘋子一樣的丈夫，便想出了一個聰明的辦法要把他關起來。她來向我出謀劃策，尤其打算避免某些細微的、麻煩的例行手續，怕它們會耽擱甚至會破壞這一精密的計劃。某某夫人盡其所能地把她誇了一遍，主要是因爲事情進行得乾淨俐落，順順當當。她向她丈夫保證六百法郎的贍養金和體面得當的穿著。

我要求她提供一些出自那雙靈巧小手的證明、擔保一類的文書，那雙手的顏色並不比紙張紅多少㊳。我們商定一切費用爲一萬埃居。當然啦，這是一筆大買賣。最後，八天之後，我那搗蛋鬼無聲無息地被人帶走了，由政府下令關入監牢。他的妻子大哭大叫，大吵大鬧。我不是該幫她一忙嗎？便上前力勸她保持安靜，她也就順水推舟，見好就收。

哪個魔鬼還會不相信這事兒已就此完結了？這個老色鬼想必已丢了命，再不然也成了瘋子一個。他魔鬼附身。他坐以待斃。某個法官是——什麼M·L·N，還是警務總督就不淸楚了——不知怎麼地參觀了監獄。我沒有來得及把他也拉到陰謀中來。此人行爲十分老派，竟敢擺出一副德行滿滿的模樣，把別人祇掛在嘴角上的人道精神放在心中。他見到那囚徒受苦受難便十分同情，決定寧可自己丢掉性命也要救出無辜者。他通報了大臣，後者聽了一時憤怒起來，說不定是害怕起來，道出了某某夫人的名字，並大驚小呼受了他人的欺騙。沒錯，他爲什麼不該驚叫受騙呢？若是我，我會叫得震天響！結果她倒了霉，丢了職位，跑去自己的封地埋葬她的羞恥和我們的愛情。

我親愛的，你也許以爲我會上吊等死？……根本不是，我要去數我的錢……二萬埃居叮噹作響的現幣，外加鑽石和珠寶……我的天，我眞爲這個可憐女子的命運而憤恨，她本可以給我更多……我將償還我的債嗎？……呸！得了吧，我才不願意跟著倒霉呢。再說，那些混蛋高利貸者竟然想像著我會把鮮血，把我最純潔的汁液餵給他們喝？……讓他們等待著我的婚禮或是我的遺囑吧……該死的，這些憂鬱的思想打消了我的勇氣……來吧，快來吧，讓我們飛向波托西[39]，去尋找新的礦源，爲我們的熱情加晃吧！

一次盛大的節慶聚集了整個王宮和巴黎市的達官貴人。我的雙眼在人羣中瞟來瞟去尋找著目標。有一刻，它們被幾張誘惑人、刺激人的臉龐勾引得暈暈眩眩……噢！撒旦！退回去吧[40]……我已然感覺到我的心如花兒怒放，而我的錢包則越來越滿……最後，在一陣響動中，白玩屁股夫人來到了，她的身份迫使她出席表演晚會。除了看演出，她正派得從不在公開場合尋求樂趣。她走進一個包廂入座。

我本人也相當幸運，我的小殷勤沒有白費。這並不是說她的容貌讓我動心……我的朋友，請想像一個腦袋，一截脖子，一段身板和一個屁股連成的整整一塊；把這一切當作個馬馬虎虎捆紮起來的包裹；再在上面加上兩段粗糙的顏色紫青紫青的手臂，再按上肥肥實實的大腿和醜陋的小腿，還要在她臉上挖掘兩個奇特的洞好放上一雙眼睛，其中一隻眼睛巨大無比，和另一隻不成比例；在眼圈上塗點胭脂，抹點煙草色，戴上一頂毛散絲亂的假髮套，飾以羽毛、羅紗、寶石……這就是肉體的伯爵夫人。

「那麼道德的伯爵夫人呢？」噓！別這麼大聲說……你要知道，這是一個有身份的貴夫人，她和時間一樣高大——儘管她不那麼古老。她的僕人們在她面前俯首貼耳，她也在權貴們面前卑躬屈節，眞是有其主必有其僕。她對自己的四輪馬車以及轅馬，對自己的丈夫還有祖父一概呼之爲大人。不過她爬得並不高，因爲她怕會跌得慘。她性格暴躁，一觸即怒，又厚顏無恥，放蕩不羈，而且喜愛自誇自耀，爭出風頭，總在那兒犯傻……她的僕人個個都從她手指縫裡摳錢，一個埃居一個埃居地積攢……至於她，倒是不貪錢，她大把大把地散錢給僕人，黃金總是在閃耀著虛僞的光芒，……

「可是，你要拿這樣一個怪物做什麼？」「我要拿她做什麼？問得漂亮！搶了她！嚼了她！和她幹，幹了她！」

演出很晚才結束。她邀請我去吃晚飯，那口氣聽來就像是一道命令。我心有靈犀一點通，不免客氣謙遜一番。我實在有點侷促不安，出門時我沒有把手伸給她，祇是讓了讓位置。我看到她在四個帽子壓得低低的僕人的簇擁下進了馬車落了座，我便趕去了她家。

晚會很講究排場，但反過來說，氣氛實在過於壓抑。晚餐刻板而拘泥，令人生厭。人們吃得少，講得更少，什麼起牀、狩獵、睡覺，零零碎碎的一些個早已失鮮的軼事，從拖著長腔的口中擠出……向夫人的一聲聲致意中結束了晚上的這一場戲，不過對我來說，晚上的戲還沒完。由於伯爵夫人家中的一切都井然有序，沒等我要出門，一個男僕便來通知我說晃不停小姐有話對我說。聽到這名字你不要吃驚，她是伯爵夫人的第一個女人。

我忙不迭地來到這個小姐的房中，向她說了一番客套話。她開門見山地告訴我，今天夜裡我命中注定要給夫人帶來歡樂，她是奉命來幫我作準備的。

「說眞的，」我對她說，「我的美人兒，我並沒期望享受這一榮譽，但是，既然妳願意如此，那就如此好了。」

我們走進一間浴室，那兒一切齊備。晃不停小姐關上門，幫我脫衣服……我猶豫再三，不敢在這麼美麗的姑娘面前脫得一絲不掛，她還不到二十歲呢。這時她對我說：

「噯！先生，……咱們趕快吧，我必須把你準備好呢。」「啊！小姐，我不想別的只想和妳……」

我把她按倒在浴牀上，我幹了她……這遊戲並不讓她難過，也很叫我開心……現在該想一想如何準備的事了……晃不停小姐跳進浴缸和我一起洗澡，說我把她弄髒了，並提醒我說，她要我們三個人一起睡……這法子在我看來倒是新鮮。可這女妖卻一味嘻笑，對此保持沈默㊶……最後，兩個人洗得乾乾淨淨，擦得光溜溜，抹得香噴噴。她怕我再把她汚染了，便忽地一下逃走了，五分鐘以後她又回來接我。

我來到了臥室。伯爵夫人已經在牀上了。她向我伸出一隻手，我吻了吻，那副熱情的樣子就彷彿她是個如畫一般的美女。我緊挨著她的一邊，晃不停則靠在另一邊。伯爵夫人這時變得最通人情，不過禮儀㊷總是沒有被忘卻……請看。

「『我的心肝，』她對晃不停說，『你看他是不是已經勃起來了。』那小人兒就過來摸了摸我……見鬼的！我的陽物正好這時突兀挺立起來。『啊呀！夫人，就像一個天使那樣』，晃不停叫嚷起來。於是白玩屁股向右側過身來，「你猜，她什麼東西朝著我？」「什麼呢？」「還猜不到，你可眞傻透了！」「我的天，我眞的不知道。」「她的屁股。」「她的屁股？」「對，她的屁股，眞他媽的……一堆軟呼呼、鬆鬆塌塌的肉山……我一下子就軟趴下去了……晃不停小姐猜到了個中原因，探過一隻手來幫了我一把，另一隻手則把那個無底洞的洞口掰開，我咬緊牙關衝刺上去……我還不知道是怎麼一回事便糊里糊塗地正好打中靶心……噢，好一個姿勢㊸……」

晃不停復歸原位。她靈巧的手以百般的溫柔刺激起夫人的欲念，而我則使出十八般武藝將她折騰得大汗淋漓……高潮時刻來臨了……有沒有被吱嚀吱嚀的門聲驚醒過？當一扇門的鉸鏈生了銹，門軸又用油滑潤好了，它會發出什麼樣的怪叫聲！……這就是我的美人兒的激情，就是她將我肢解的輕聲柔語。然而，當這一切結束，她翻轉身子要施與我恩澤吻抱我時……呸！……我的天，我倒更喜歡另一張嘴。更何況它還噴了香。但是，那嘴巴已經挑起了我的興味。

在一小陣談話以後，又該重新開始了。相同的儀式：她的方式是單調的，魔鬼附上了我身。跟她搞上一次以後，我發覺她不再那麼滑稽可笑了。不過，這是另一個故事了。她讓我躺在她和晃不停中間，叫我轉過身去來一個柏林式，欣賞著我的腰身下部……我以爲又翻到了肉棍夾洞之書的第二卷……不，還好，祇是一場虛驚而已……突然，靈機一動……「我的小貓，」她對我說，「你可願意幹一幹晃不停？……」當眞，我立即拍板同意……不過，我感到自己被翻得騰雲駕霧一般……

見鬼，女妖魔猛地給我來了一個「車伕揮鞭」：她一根邪惡的粗手指在我身後狠狠地一探探了進去。她讓我搞那小娘們原來是叫我忍氣吞聲，啞巴吃黃連有苦說不出。事實上，這也毀不了我。直到我精疲力盡時，白玩屁股夫人才偃旗息鼓。此時，曙光已在窗外露出。我讓她將歇休息，自己則告辭出門。我被要求對此事保密，絕對絕對地保密，我也當眞把祕密藏在心頭。

以後的幾天，我們一連經歷了相同的奇遇。金銀源源流入我的腰包，因爲她眞正是揮金如土。晃不停鼓勵著我，使我勇氣倍增，勃興不已。再說伯爵夫人即使在和我單獨相處時也並非那麼不虔誠熱情，那麼放不開情欲。

三個月以後，我的好事完結了，她出發去了巴雷熱㊹的溫泉，給我留下了滿滿一堆禮物，不過，她那一副神氣卻讓我感到被剝奪了一切價值。我回到了巴黎。

這個巴比倫㊺比其他地方包藏了更多的腐敗與墮落，因爲那裡有更多的人。要知道罪孽越是聚集在一起便越能產生出更多新的罪孽。我回到這個巴比倫後，整整八天裡打發我的人馬四處奔波，「走死跑腿累死馬地」在巴黎所有的風流女子處註冊塡名。十五天過去了，仍然沒有半次有趣的艷遇。我不由得厭煩起來。我賭錢，我輸掉，隨之便拋棄了這種只會吃空錢袋的儲蓄法。要想存錢，祇有一種方法：逃之夭夭。這是一個激進的主意，我搖擺不定。

太陽已經曬得莊稼成了一片金黃色，美惠女神駕臨到樹木綠蔭中。所有的女子都飛奔到田野裡，有的是百無聊賴，有的則習慣使然，她們想方設法搞一些新鮮發明。

如此偉大的榜樣促定了我的決心。幾次輕鬆的郊遊準備了我的撤退念頭。我東飛西舞，不過與勤勞的工蜂截然不同，我祇擷汲催眠的液漿。厭倦使得我哈欠連天，然後令我沈沈睡去。

你和我一樣了解靜靜流淌的塞納河河岸上那些迷人的宮殿……可惜啊！一種殘酷的藝術仍然在那裡折磨著我們，它自以爲給大自然增光添彩，實則窒礙了它的氣息。到處是令人生厭的對稱圖形，貧瘠的砂粒地中間雜著綠圃，可憐兮兮的草坪失去了可愛的綠色……裁剪得如城牆一樣平齊的林蔭小徑使柔和的煦風無法撫弄福羅拉㊻的胸脯。玫瑰花悄無聲息地在花甕中枯萎，它們在小小的花甕中擠成一團，集成一束。長長的小徑非但不能供給我優雅的視線，反而好像將視線與世隔絕，讓它越來越單調無味……我走進一個小樹叢，軟弱的灌木勉勉强强地投下一絲淺蔭。鐵柵欄奴役著它們彎彎曲曲的枝條。忍冬的枝條根本沒有在濃葉中爬蔓上緣。鬱金香褪盡了艷麗的色彩；堇菜失卻了芬芳的香氣……我逃進一片樹林中……又是什麼！……又是人工的斧鑿，一點兒情趣都沒有……建築家的手裝飾了這些可憐的輝煌廳堂。蠻橫的規則刻上了它們的線條。砍柴刀和長柄鐮摧毀了呻吟中的山林女仙，讓圓柱鼓得更圓，讓梯形劇場像個劇場的樣子。

我聽到了潺潺的水聲……噢！那伊阿德㊼哭泣著無法讓她那波光閃耀的銀流自由流淌。千百條運河禁住了她的波紋漣漪。七奇八怪各種形狀的管道和錫製的噴口將她射灑到空中，然後掉落下來，在水池中砸得粉身碎骨，消失得無影無蹤，根本顧不上澆灌那嗷嗷待哺的花草……！人呀人！你們的專制將奴役自然萬物！……

我在對稱分布的曲曲彎彎的迷宮小徑中徜徉。輕巧的黃鶯和歡快的燕雀找不到枝條築造愛的巢窩。祇有菲羅墨拉㊽不時地發出幾聲痛苦的哀鳴。夜晚，當福柏㊾讓安寧和寂靜統治大地，杜鵑聲聲的悲囀向這地方的主人公預兆著他高貴的命運。

我的老天！我是多麼遠離這溫馨的惆悵啊！那裡柔和的心靈早失去了它痛苦的感覺！那裡，無意但卻珍貴的眼淚浸潤涼爽了眼皮，消洩了胸中的懲氣！……我沈湎在憂鬱中：我紛繁雜亂的思緒跳躍著，碰撞著，滾成混沌一團。我慢吞吞地走回來，一臉夢遊的神色，拖拉著腦袋……我回到了一個在金銀和鏡子中閃亮的大廳。鏡子爲我描繪出在綠地毯站著的二十個人……哦，厭倦與消耗的新的源泉！……

我返回城裡，飛奔的駿馬不能使我滿意，我剛剛到達便又想出門散心。我滿腔熱情地尋找新的目標……啊！世上沒有東西能夠治癒一顆對一切都已麻木的心。

不過，我們還是盡量讓它輕鬆輕鬆吧！讓我們逃吧，逃避宮廷的奸詐，逃避城市的嘈雜。尋找一處隱居……我找到它了，我在希　望與欲望的翅膀上飛翔。

在桀驁不馴的馬恩河流騰澆灌的那些富饒區域的中央，聳立著由我們的祖先築造起來的城牆，它們那豪華的外表彷彿在告訴來往的行人，這裡是國王們的宮殿……不，這是回報和平之神的親愛的人們的安靜住所……那是某某女子修道院。我的一個朋友的姑姑是這裡的院長……

我被介紹成一個和藹可親的人來到此地。她迫切地等待著我，我終於來到了……馬兒拉著車子飛奔的轔轔聲，加上僕人們東叫西喊的嘈雜聲，著實引起了一陣騷動。僕人們竟以爲大大喧鬧一通便能爲他們的主人爭得一份光彩。修女院的一切都處在嚴密的保護中，守密執達嬤嬤準備好運轉她的舌頭……一個宮廷來的男子！他將給我們講講那些漂亮的娘兒們！……美麗的年輕修女繫緊了散開的頭巾，繫得漂漂亮亮，繫得有模有樣……每一個修女都想取悅於我，每一個人都飛也似地奔到會客室。受託嬤嬤被派遣來向我致意：一通舒心透骨的寒暄之辭向我顯示出，她們對我的來臨是有所準備的。

最後，院長嬤嬤來到了柵欄前，衆修女出於謹愼與尊敬便一哄而散。見鬼的！好一副迷人的面龐！……你看看她的容貌，你看看，你迷死去吧。

她剛剛度過二十五年的歲月，健康之花與青春之花結合在她光彩照人的臉上。那一雙煤玉般烏亮烏亮的眼睛世上再也找不出第二對。小巧玲瓏的嘴如同兩瓣鮮豔的玫瑰花，象牙般潔亮的皓齒在迷人的微笑中一露一掩……總之，這是一種在當今世界上尚屬陌生的媚態，她是深掩在庵門中的尤物。她那用半透明的羅紗織成的長袍子帶著長長的皺褶。一條金黃色的腰帶看上去好像不是在顯示她的尊嚴，而是在突出她神聖美妙的身段。一塊最最潔白的細麻布做了她的頭帶。她的頭巾折得有稜有角，不僅襯托出兩鬢，而且讓精美地勾勒出的橢圓臉顯得更加圓潤。頭巾脫落開來，在微風的撫弄中舞上舞下。萬種風流在那裡東蕩西遊，進進出出，把一切擾得蓬蓬亂，一切變得更具風情。

「難道說，你打算寫出阿貝拉爾[50]的第二卷？」「我實在不知道……不過，即使我嗓門好唱得響，我也要幹了我那迷人的女隱修院院長，不然，我們要看看到底爲什麼。」

客套話說得恰到好處，女院長那頭話兒轉得漂亮，我這兒也答得殷勤。一來二去地我們很快就熟悉了。我講了不少新聞軼事。女隱修院院長實在太有修養了，一下子就看出我的心靈完完全全顯露在我的眼神之中……不過，她也並非無動於衷。我禁不住要叫嚷起來……德行的美妙效果！純潔無瑕的處女們！你雪白的乳房之端聳立著的神聖的小珍粒在微微顫動，它擾動著我的一切感官……但願我能聚集在一個修練初年的加爾默羅會修士的一切活力，在你劈裂的陰戶上畫上塔普德魯[51]神父的價值與衝突！

我並不打算在這裡談論那些賜予我的節慶，也不談論那些有我專門節目的音樂會。我高亢嘹亮的男高音跟靦腆的姑娘們的聲調混在一起……如同一個厚顏無恥的薩堤羅斯[52]悄悄地潛入了林澤仙女羣中，一開始嚇了她們一跳，她們想逃走了之，但卻邁不開腿，一股强大的吸引力拖住了她們的步子。如果她們的步履變得跟跟蹌蹌，那便是欲望的作用。……美女們發出的陣陣叫喊並不是表示恐懼。

哦，我的朋友！身處後宮妻妾的佳麗羣中是何等的美事！更何況這兒的三十個小修女一個賽似一個地美麗動人！她們的眼神遠沒有我們的妻子來得逗人心火，它們轉送著一種淡淡的憂鬱。許多人甚至還天眞無邪地表現出至今仍屬陌生的動作……上帝啊！這是多麼感動人的表情啊！……幹吧，幹吧，……哦，我的陽物！發揮你鋼鐵一般的精力吧！讓一切在你强勁有力的衝動面前卻步不前！……哎噢咿53，愛情！……哎噢咿，普里阿波！

我睡覺時翻來覆去地考慮著這些計劃。我臥室的牆上掛著波紋織物，它用最柔和的軟毛織成，圖案簡單明瞭，趣味高雅，淸潔得一塵不染。我睡不著覺，我心猿意馬，我心醉神迷……第二天早上，院長嬤嬤賴在牀上未起，說是身體稍有不適，也許是故意裝出來的。我被允許進入她的房間去問候。我成了什麼！啊！老天，我成了什麼！她像天使一般美麗，是最最動人的那種笑……

我忘記了是什麼藉口將我驅到這裡的。她一邊問候我的健康，一邊向我伸出手來。我滿懷著熱情的火焰吻了吻這隻手……院長嬤嬤嘆息了一聲……我也回報了一聲嘆息……屋裡祇有我們兩人，她的眼睛半瞇縫起來，長長的眼瞼沈重地合上，她晶瑩潔白的胸脯上雖然仍恰到好處地罩著一塊蒙布，但它的起伏、它的搏跳，這一切的一切彷彿都在鼓動著我……可惜，我太靦腆了。朱麗！朱麗！我們激情的烈焰就這樣騰地一下子昇了起來……我撲倒在她的膝前，我發燙的嘴唇壓在這雙手上，這雙手我一直不讓她抽回去，誰也不用想把它抽回去。……上帝啊！她突然昏厥過去了……她要死了……這最初的動作奪走了我的魂……我驚叫了起來……她的修女們跑了進來……又是往臉上噴涼水，又是給嗅嗅鹽……還有熏香，一切都在我的手頭。

「那是院長嬤嬤頭暈了，」一個修女說。「啊！眞是傻瓜蛋，」我自言自語道，「……見鬼去了，這又不是她最後的發作。」

過了七、八分鐘，她又甦醒過來。她臉色蒼白。……不過，這是情人的那種蒼白。她美麗的眼睛裡滿含著淚花。多麼動人的明眸！它們彷彿在懇求什麼……我們重又自由了……「唉！」她嘆了一口氣，說：「這猛烈的痙攣毀了我……人們不會猜到其中的原因吧。」瞧瞧她臉上飛起的紅暈，她的脈搏跳得更快了，我的心也怦怦直跳，我又朝她跟前靠了靠……幾個擺得不當的靠墊給了我藉口。我大著膽子伸出手把這一個放正了，把那一個扶起來……猛然，她一個動作將胸脯湊到我的臉上，……這是波利尼亞克54之胸，我醉了，我將我滿含愛情的嘴湊到她的嘴上，我的舌頭讓她感受到了肉慾的震顫。

我向幽深處的聖地進發，一隻手指頭探了進去，……它顫抖著，這陣顫抖倒讓她更加激動……好了……現在我代替了它……上帝啊上帝！這是多麼快樂的享受！……

「啊喲，我的救星，」她叫喊道，「啊！……啊！……多麼幸福的時刻啊！……我可以去死了……我的仁愛的耶穌！……啊！親愛的朋友！我要死了……」

人的感覺實在是太生動，太豐富，太新鮮了。我的心靈對之也無能爲力，我竟嚴重地昏迷了過去……手足無措的修女院院長肯定按鈴叫來了她的親隨。我醒轉來時發覺自己正躺在她們的懷中。我那迷人的修道院長嬤嬤的親吻喚醒了我的生命。然而同時，這親吻又將我打發到一種結實而堅固的狀態中，那個親信修女竟然小心翼翼地判定我可以不再需要她的在場了。女院長和我便一而再、再而三地山盟海誓，保證彼此永遠相愛，而且說完便以實際行動做出證明。

我們享受了最最珍美的瓊漿玉液、山珍海味。我的白天過得如同早晨，而夜晚又是同樣的幸福。以後的幾日中，她們爲我安排了不計其數的嬉戲遊樂：狩獵、垂鈞、成而上千的好玩的玩意兒……我和修女院院長如漆似膠地纏綿在一起。她滿有肉慾，然而缺乏藝術性，缺乏細膩感。我的建議每每使她歡悅不已，我的敎誨煽起了她心中的烈焰。她從中獲益匪淺，我則也未損失絲毫。她那美麗的胴體又柔韌又苗條，她婀娜多姿的四肢蜷曲起來，抱住了我的身軀，她祇有在我的臂膀裡才品嘗到憩息的滋味。

說眞的，我本來會忠厚地把她留在身邊，但人性這個東西不讓我這麼樣。一顆顆年輕的心在悄悄地爲我而嘆息，我難道可以任它們自耗自盡，自枯自萎？……不，我實在是太慈悲了。我和修女院院長達成了交易。我把我的黑夜交給她，而白天，我則在別處供職。集體寢室、單修小室，處處對我洞扉大開，我倒也盡情盡性地利用。如果我沒有記錯的話，第一個被我搞上的是一個守密執達嬤嬤。

「一個守密執達嬤嬤？你在開什麼玩笑。」「不開玩笑，那是我們的親信，一個年齡在十五至五十五歲之間的成熟姑娘……事情是這樣的。她負責我們的午餐。有一天出門狩獵，我沒能在正常的時間裡歸院用餐，等我回來時，正趕上善良的聖弗朗索瓦絲嬤嬤沒等著我……我一聲不吭地走進她的房，見她正躺在一把寬大的扶手椅上，臉背著門，衣袍一直撩到肚臍眼上，兩條腿分得開開的，正使勁地盪動個不停……你猜猜。」「要的是什麼！一支充當那話兒的紅臘腸呢。」「正是這個玩意兒……我急裡慌忙地關上門。她只有放開短裙的時間，任那一把烙鐵擱在傷口上。……她站了起來，臉憋得通紅通紅像個小天使，走了兩步，忽又夾緊了雙腿；而我，受著魔鬼的啓迪，一下子靈敏地抱住了她的兩肋。我做得乾淨俐落，彷彿普里阿波離開了基座降落到了房間中央。『啊！我的嬤嬤，妳沒有受傷吧！……該死的，』我說著從地上撿起了肉油油的小胖娃，『眞是一次精彩的流產。得了得了，我的好人兒，妳別再裝驚訝了，我已經全看到了，我讓妳失敗了一次，現在讓我來替妳把它做完了吧。』我說完就把她按倒在牀上，連續幹了兩次那甜美的事兒。她的牙齒還留在口中……她柔情綿綿地說：『願善良的上帝賜福於你。』我笑著，發現她的口中有顆牙齒破了一半。我想起了那個古老的故事。一種高貴的好勝心點燃了我心中之火。再說我也需要她，因爲她是小修女們的頭兒……我再去拔那顆破牙，誰知它卻長得實在太牢了，怎麼也拔不下。我想我一輩子都沒幹過那麼難的事。

讓我們對一些共同的奇遇保持沈默吧。我搞了聖約翰•拉屁那門修女、馬的聾修女、聖艮遇嬤嬤……等等55。寢室、花園、食品貯藏室和藥劑室輪流成了我的劇場。不過，我們還是談談新來的小修女們吧。

她們一共有五人，其中阿伽塔修女、若絲修女和阿涅埃絲修女尤其出衆。眞正是世界上最最美麗的孩子。前兩位生氣勃勃，小巧玲瓏，她們瘋狂地相愛著，甚至還時常互相撫摸以解饑渴。阿涅埃絲愛上了我，她一言不發。光流眼淚。一天，在娛樂時間裡，我設法把她關在了房間裡。

「妳怎麼了，美人阿涅埃絲？」「唉！我實在是不知道呀。」「這八天以來，妳完全變了一個樣。以前，妳是那麼愛鬧愛笑愛淘氣，現在怎麼好像在做夢。」「唉！」「妳在嘆息……阿涅埃絲！阿涅埃絲！妳怎麼一點兒也不信任我……我是那麼地愛著妳。」她的臉頰變得紅潤起來。「你愛我！哦！我的上帝，如果眞是這樣！」「阿涅埃絲，如果眞是這樣，那會冒犯妳嗎？可惜啊！這不是我的錯。妳是那麼地討人喜愛。」說著，我握住了她的手。「哦，放開我……聖母瑪利亞。」她站了起來。「我的修女，我看出來了，妳害怕我。我是那麼讓妳討厭……那好，我走吧。」「怎麼？你要走？……」活該倒霉！可憐的女孩！她是我的。我根本沒有時間把她逼得忍無可忍。在第一個回合中，她就進了我的口袋。

幾天以後，小修女們的管頭——你知道她是我的好朋友了——給我提供了一個好機會。她們要合唱一段經文歌，而樂師那天卻沒有來。她就把阿涅埃絲托給了我，讓我指導她排練。臨出門時，她還帶上了門。

「我漂亮的阿涅埃絲，妳總是那麼冷酷無情嗎？」她低下了眼睛。「……我是多麼不幸啊！妳仇視我！」「啊不！善良的上帝知道我的心！」她的雙手昇向了天空。「阿涅埃絲，妳讓我灑了多少惆悵的淚。」「而我呢！……啊！我又哭了多少回！」她的淚水仍在滾流著。「假如妳願意，我們就來相互安慰吧……要不然，就讓我一個人先死去吧。」「哦，我的耶穌！你，讓你死去？……不，不！要死還是讓我去死吧！」「妳？阿涅埃絲！我愛妳甚於愛我自己的生命，」說著，我一把抱住她，把她拉到我的膝蓋上……看看，噢！看看她的脖頸依偎在我的脖頸上，她的腦袋緊挨著我的臉龐，她美麗的藍眼睛充滿了淚水！……「阿涅埃絲，我唯唯獨獨的愛！……啊！對我說妳愛我。」「冤家！你還懷疑嗎？」

她的嘴唇在撫摸著我。天眞無邪的女孩從我心中的衝動中見不出一絲一毫的惡意……她的時刻來臨了，我以親吻蓋住了她的嘴。我把那股吞噬了我的熱淚傳到了她的胸脯上，我用撫摸和愛火把她弄得心蕩神馳。我打開了一層層的裹布：啊！奇妙的珍寶出現在我面前！……羞恥感不再呻吟……她彷彿變成了另外一個人……像一道閃電那麼迅疾，我扯裂了雲層……阿涅埃絲禁不住發出了一聲叫喊，那便是我勝利的信號。

你會傻乎乎地以爲她會裝腔作勢、扭扭捏捏一番，以爲她會把我當作一個魔鬼，一個誘惑者……喲！把這一切扔給我們這一世紀煥然一新的童貞去吧……可憐的孩子！她百般感激我的善意……我眞的值得這見鬼的稱譽。要知道，攻佔這樣一個位置是多麼的艱辛，多麼的費力。

自從這次腦袋開了竅之後，阿涅埃絲對她的經文歌獲得了一種無限的悟性。當她的管頭嬤嬤轉回來時，她已把它唱得妙不可言。對我來說，事情也來得很湊巧，院長嬤嬤正好離院出訪，空了她的牀第。要說也眞是活見鬼，我被生吞活剝，敲骨吸髓，十二小時的休息才勉强讓傷口治癒。

「哼……好悠閒的消遣啊！眞是豈有此理！」「怎麼？你在咒罵？眞是活見鬼！」「我咒罵是因爲你在浪費時間，而一分錢都收不回轉。」「對，這是我的錯，我承認……你的財政意識讓我敬佩不已。但是我必須告訴你，修女院院長慷慨大方不遜於她的姣麗美貌，她送了我滿滿一堆禮物！這樣，你可以閉上嘴巴乖乖地聽我新的征戰功績。」

註釋：

❶一種熟李子的顏色，深紫紅。

❷金路易，一種錢幣。

❸梅薩利納（約二二—四八）：羅馬皇帝克勞狄的第三個妻子，以淫亂和陰險出名。

❹普路托斯：希臘神話中的財富之神，在阿里斯多芬的同名喜劇中，宙斯罰他失明，不讓他幫助正直的人們。

❺墨丘利：羅馬神話中的信徒、偷竊、商業、貿易之神，相當於希臘神話中的赫耳墨斯。

❻盧梭（一七一二—一七七八）：法國哲學家、文學家。

❼克里斯班：法國傳統喜劇中的男僕人物，愛錢，調皮，尤以勒薩日的獨幕喜劇《主僕爭風》中的頭號人物著名。

❽一種紙牌賭博。

❾法國古貨幣單位。

⑩ 克雷蘇斯：呂底亞國王，傳說生於六世紀，極其富有。

⑪ 原文爲拉丁文。

⑫ 一種紙牌賭博，每人只發三張牌。

⑬ 普里阿波：希臘神話中的生息之神，並司管理葡萄園和果園，他是狄俄倪索斯和阿佛洛狄特之子，生時陽物巨大，被母親遺棄之荒地。

⑭ 大袞：西閃米特人所信奉的農業豐產之神。《聖經》中記載道，它是菲利士人的神。

⑮ 帕福斯：希臘神話中皮革馬利翁的兒子，也是塞浦路斯兩個相近城市的名字，相傳其中之一爲帕福斯所建。

⑯ 基西拉：希臘伊奧亞羣島中一島，據神話說是阿佛洛狄特的島嶼，文學藝術中常用來指愛與歡悅的伊甸園。

⑰ 希臘神話中，美惠女神共有三位，分別是嫵媚、優雅和美麗。她們是主神宙斯和歐律諾墨的女兒。

⑱ 耶路撒冷聖約翰騎士團的騎士。一五三〇年查理五世把馬耳他島讓給騎士團，於是人們又稱這些騎士爲馬耳他騎士。

⑲瑞士人水池是凡爾賽城堡花園的一個水池，在王宮南邊。

⑳阿雷蒂諾（一四九二—一五五六）：義大利作家，因敢於用文字攻擊權貴而受到全歐洲文壇的讚揚。

㉑羅德里格與施曼娜是高乃依著名悲劇《熙德》中的男女主人公，彼此相愛。

㉒達戈貝爾特（六〇五—六三九）：法蘭克國王。

㉓十七—十八世紀時的一些高等貴族是穿紅色後跟鞋的。

㉔羅蘭是皮契尼的喜劇《羅蘭》（一七七八）中的主人公。

㉕瑪麗—瑪德萊娜・基馬爾（一七四三—一八一一），曾在巴黎歌劇院演出近三十年的女芭蕾舞舞蹈家。

㉖奧古斯特・維斯特里斯（一七六〇—一八四二）：巴黎歌劇院的芭蕾舞明星。

㉗不詳。

㉘指十六世紀末意大利卡拉齊家族的三個兄弟畫家：阿戈斯蒂諾（一五五七—一六〇二）、安尼巴萊（一五六〇—一六〇九）和他們的堂兄洛多維科（一五五五—一六一九）

㉙ 殘廢軍人院位於巴黎，由路易十四下令於一六七〇年建造，專門用於收留贍養戰爭中負傷致殘的軍人。

㉚ 孔東是法國地名，作家博須埃（一六二七—一七〇四）曾在此區當主教，上面那句出自博須埃之口，意寓：出了教區，主教就成了另外一種人了。

㉛ 克里斯托夫·格魯克（一七一四—一七八七）：德國歌劇作曲家。

㉜ 尼科洛·皮契尼（一七二八—一八〇〇）：義大利歌劇作曲家，他和格魯克是當時巴黎歌劇界兩個對立派別的旗幟。

㉝ 《伊菲萊涅亞在陶里德》是格魯克在一七七八年創作的歌劇。

㉞ 《叛離者》：由蒙西尼作曲的三幕歌劇，一七六九年首演於巴黎。

㉟ 新橋是巴黎塞納河上的一座橋，一六〇四年建成。

㊱ 法國舊貨幣單位。

㊲ 指有國王封印的信，通常是監禁或放逐某人的命令。

㊳ 反喻手上没有沾鮮血。

㊴ 波托西：玻利維亞城市，一五四五年當地發現銀礦後建城。

㊵ 原文爲拉丁文。

㊶ 原文爲拉丁文。
㊷ 原文爲拉丁文。
㊸ 原文爲拉丁文。
㊹ 巴雷熱：法國地名，在近西班牙的庇利牛斯山麓。
㊺ 這裡指巴黎。
㊻ 福羅拉：羅馬神話中的女花神和花園女神，在奧維德的筆下，她是和風色費爾的妻子。
㊼ 希臘神話中的水泉女神，相傳有好幾位，都是宙斯的女兒。
㊽ 希臘神話中雅典王潘狄翁的女兒，後被神變成夜鶯。
㊾ 希臘神話中的月亮女神，即阿耳特彌斯。
㊿ 阿貝拉爾（一〇七九—一一四二）：法國哲學家和神學家。在當巴黎聖母院的議事司鐸期間，他誘惑並偷偷娶了愛洛漪斯。愛洛漪斯的叔叔懲罰了阿貝拉爾，將他閹割去勢，阿貝拉爾進了聖德尼的修道院，愛洛漪斯也進了阿尚托依的修女院。他倆的愛情故事通過《玫瑰傳奇》而在法國家喻戶曉。

51 不詳，原文爲Tapedru。

52 薩堤羅斯是希臘神話中一個長著羊角羊蹄的半人半畜神，性好淫，雄勁有力。

53 古代祭祀時女祭司對酒神的歡呼。

54 波利尼亞克爲法國的貴族世家。

55 原文爲拉丁文。

阿伽塔修女和若絲修女喚起了我的敬意。她們中最大的也不超過十八芳齡。阿伽塔生性活潑，愛蹦愛跳，思維敏捷過人，反應靈活超羣，是個調皮的小魔鬼，淘氣的小妖精。若絲顯得更加甜蜜，更加溫柔，但也活潑快樂……這兩個女孩子由一種緊密的友誼聯繫成一體，而她們的脾性更加強了這種聯繫。她們倆都是女院長的小寶貝，院長嬤嬤也告訴過我，她們盡情玩耍，嬉戲過度，她本人也不只一次地在自己的牀上接待過她們倆以矇騙打發她過於旺盛的慾念。我可以和她們自由自在地在一起。我教她們跳舞，我們一起痛痛快快地玩樂，百樂不厭。

有一天我對她們說：「我的修女們，妳們應該教教我妳們倆昨天一起玩的那種遊戲。」「什麼遊戲？」阿伽塔明知故問，而若絲早已滿臉通紅了。「要是我早知道了，我還來問妳們做什麼。」「好吧，若絲，他想要玩捉迷藏……」那個小壞蛋已忍不住哈哈大笑起來。「捉迷藏……啊！妳們在撒謊，淘氣鬼。這裡頭沒什麼可以藏的，我都看見了。」「什麼？你都看見了？」若絲道，「阿伽塔，我們這下可算完了。」小姑娘不禁落下了眼淚，她的同伴也張惶失措起來。「哎呀，我的心肝，不要哭嘛，……若絲，妳還眞是一個孩子。我敢起誓，我不會對別人說出一個字的……」這句安慰話稍稍讓她們安寧了一點，眞所謂：不管修道院牆內還是修道院牆外，醜事一藏便無事。「可是，你到底是怎麼見到的呢？」阿伽塔接著又問，她顯得更加羞澀不安。「我在騙妳們呢，我根本就沒有看見，是我的精靈告訴我的。」「一個精靈？」「一個精靈？」若絲也重覆了一遍。「對，一個精靈每天都要來拜訪我……」說到這裡，我的調皮鬼們像瘋子一樣大笑起來，直笑得前仰後合。「好吧，不信鬼神的小鬼們，我倒要讓妳們看看。不過先得有個條件，妳們得先教會我那種遊戲。妳們先敎我，然後妳們就可以聽到小精靈對妳們說話啦。」「怎麼，它還會說話？」「當然啦，不過，那要通過訊號的翻譯，我會給你們解釋的。」「好，我們倒要瞧一瞧。」「我們要瞧一瞧。」若絲姑娘也說。「輕點聲，……魔鬼！好了好了……妳們等著，我一會兒去喚它來。……現在該給我看看妳們的遊戲了吧！……我還眞沒說錯，見鬼了……我的精靈從來沒有這麼傻過。我再怎麼逼迫它也是白搭。瞧，這惡鬼就是裹足不前……對不起，對不起，它總算來了。聽著，妳們誰是最不相信的，誰就站在這個角上，一看到它時，她就要一把抓住它，抓牢了，別讓它溜走。要知道，精靈是有點膽小怕人的。」「就這麼走了，我拉住大人老爺，我的阿伽塔跳上去撲住。」「啊！若絲快來幫忙，我已抓住它了……」

我們靠近了窗口。「哦？好一個奇怪的精靈喲，它是什麼做的！它連個鼻子都沒有！」若絲死死地抓著精靈。「啊喲！它怎麼這麼熱啊！」「那是因爲它走得太快，走得熱了。」「哎！」阿伽塔說，「它自己就站得住！……」那個小淘氣鬼扯著它要把它拆毀了。眞他媽見鬼！「小姐們等一等，妳們還看到這是一隻蝸牛嗎？它還躺在裡面呢。」「眞的，這是眞的，」若絲說，「那不是一圈肉環嗎？……」她一把抓住邊上的東西，從下邊拖起來，發現它硬得像石頭一樣……阿伽塔用手摸了摸，問她的同伴：「一隻蝸牛？我從來沒有見過這種樣子的。」「那是因爲它來自中國。」「它會亮出觸角嗎？」「不會，中國蝸牛不長觸角，不過，它會給王八丈夫送去一對角的。」「啊！這個，它眞是太著急了。」我當時眞害怕精靈不能在她們的手中放任自如。「小姐們，那妳們的遊戲呢？……」「啊，應該先讓它來講講話。」「好吧，我很願意……必須承認，我是非常樂於助人的。……不過，我要提醒妳們，它必須向妳們每個人分別地發出信號，記住，是分別地，而且不會說出一個字。不然的話，就不再有精靈，一旦它發了怒，它就不會再回來了……好了吧！阿伽塔，妳先過來。不過千萬要小心，不要出聲……」這時，我一把抱住她，把她扔到牀上。「啊！」她說，「我見不到精靈了。」

「別著急。祇有妳不乖的時候它才會溜走呢。」我撩開她的衣袍。你一定猜到了以後發生的事，還有精靈的語言了吧。小姑娘還眞是勇敢，一句話都沒說……我的朋友，你來描繪一下若絲吧，她在四周忙著團團轉，一邊仔細觀察，一邊急得直跺腳，臉色紅一陣，白一陣，又紅一陣，又白一陣。「阿伽塔，它說話了沒有？」「啊！說了……啊！我的上帝！若……若絲……我再也受不了了！」「阿伽塔，它對你說些什麼了？……」說實在的，阿伽塔這時有要事要幹，哪裡還有空回答若絲呢。那小妖精晃蕩得那麼猛烈，又把我夾得那麼緊，我都要再戰一回了。

正在這時，焦躁至極的若絲抓住我的衣服提起我來，小精靈便一下子冒了出來，在激烈的肉搏戰中它勇不可擋，早已殺得渾身冒汗了……我祇有把阿伽塔放倒在一把扶手椅上的時間，忙不迭地應付她的同件去了。這一位雖不如前一位那麼活躍，卻是用肉慾揉成的身子。她尤其具有我曾在某些婦人身上見識過的珍貴品質，而且總是保持一種新的陶醉。她在貢獻犧牲之後便匆匆忙忙地關閉了聖殿，不讓你有時間慢慢鬆軟下來，不過，精靈已經給了阿伽塔不少可資參考的東西，她沒讓我過於爲難。兩個朋友一個俯在一個身上，處在一種神志恍惚的狀態中，任何東西都無法使她們解脫出來。而我，我則享受到她們天眞純樸的迷亂，和她們一起分享美好時光……我們不再去談遊戲，她們早已識破了我的騙局，但並未因此而責怪於我。至於精靈，它仍不時地給她們上幾堂新課。

我處在極度的幸福之中，除了有一點點的疲勞，然而那時時在監視著我的魔鬼也不知怎麼的鑽入了我的腦袋中，把我從這個美妙無比的巢窩中趕了出來。習慣導致安全感，人一安全就閉上了眼，天長日久，我們便不再小心提防，漸漸地我們自己作繭自縛，鑄成了禍害。或者說，一根陽物擺不平三個女神，一個男人玩不轉二十個修女，終歸會有些什麼原因讓她們打起架來，拼個你死我活的。

我的朋友，你還不了解雌兒共和國，女隱修院院長就好像是個總督。構成這個國度的大部份姑娘都是身不由己地被招募到天國的營隊之中，人們讓她們成爲一個非物質存在物的妻子。然而，靜修的魅力並未在她們身上摧毀肉體性。於是，這些個東西會在她們的青春時代導致一種肉欲精神的造反，一種感官與理智之間、創世主與創造物之間裁判權的衝突，在這種造反與衝突中，人性的弱點經常被迫地如同彼拉多❶那樣洗手不幹。所有這一切祇不過是欺騙一下愛的激情，它祇能點燃慾念之火，將它們刺激得更旺更盛……這裡會發展出神經紊亂、痙攣、等等等等。到了老年時代，她們會變成强悍的潑婦，火冒三丈、粗魯而好訓人。這裡也會出現靈感，出現顯靈。會造成一切瘋瘋癲癲的女人，有的被人燒死，有的則被奉爲聖女……這一切自然已不是我嚴肅的主題了。

「人們不能總是祈禱，也要講講別人的壞話，綁住鄰人的兩腳和腦袋，把他吊起來，一切都是爲了他好，爲了上帝的最高榮耀。聽懺神甫尤其是一大對象。如果他們有兩個，羊圈尚可分享，每一方都會深惡痛絕地憎恨另一方，如果祇有一個，那麼就祇有嫉妒、憤怒，敵意。」「什麼！對一個老僧侶？」「對，對一個老僧侶。你看他一臉猴子的模樣，肯定是一個非常好擺佈的木頭人。人們爲了他你爭我奪，你死我活，恨不得你吃了我我吞了你。」「我親愛的，總歸一句話，在這安寧、淸白的日子裡，她們已經在天堂裡嘗到了地獄般的甜美。」

假如我在此描述這些園中人的愛情，描述那些爲了讓情人偷著進來而施行的陰謀詭計，那會成爲什麼樣子？恐怕祇有專制暴虐的憤慨，年老的守密執達嬤嬤們會毫不客氣地把一股腦兒的憤慨施加到那些可憐的女孩子頭上。假如我對你講述千百個值得阿雷蒂諾❷費墨一寫的場面，那又會怎麼樣呢？我祇會嚇著你，那些小姐們會在這個獻身於德性又賣身於淫惡的地方自甘腐化，墮落到底，直到人們把她們嫁出去。

假如我勾勒出發生在祕密與沈默之中的絕望場面，那又會怎麼樣？那些陰謀，那些背叛，那些野心，這一切毫無疑問祇會產生出强迫、奴役、野蠻？……不，如果這樣，你一定會狠狠指責我……實際上，我已有了一個主題了。

人們已經議論紛紛。守密執達嬤嬤們聚在一起碰頭。她們在議論院長嬤嬤，也許她太專制了，竟要求別人也尊重她的趣味和快樂。德高望重的嬤嬤們不斷地竊聽我，嚴重地妨礙我的活動。所有的年輕修女都遭到了嚴格的監視，再也不敢前來與我尋歡作樂。我發覺那些老雌魔盯著我看彷彿在看一頭替罪羔羊。

這一切都是由如神神父引導的，但是，自從我威脅他這個大人物，要讓我的僕奴狠揍他一頓，他就變得啞口無言。我威脅要揍他，不過也同意花上六個月的見修期把他治好。通過匿名信，神父們的種種罪孽便傳播開了。修女院院長嬤嬤臨危不懼，由於她害怕失去我，我對她也變得更加珍貴了。

哈！打擊已經作出。人們告狀告到了主教大人那裡。這個傻乎乎的大人戴著一頂寬大的帽子，他的頭髮壓得跟他的臉一樣扁平，在一副雙重、僞善的儀表下隱藏著一個教會的卻叛逆的靈魂。他的答覆是聲聲作響的。他宣告他的決定：讓一個曾充滿彼列❸精神的住所恢復應有的秩序……我還想再等等看，但我親愛的女修院長讓我明白到我將失去她，於是我滿載著金銀和蜜糖出發了。

六個星期以來，我從沒見到過我的手下人，他們全和傳遞修女們打得火熱。這回再見面，我發現他們一個個都變得心寬體胖，肯定獲益匪淺。我回首遙望著修女院高高的鐘樓，那裡我留下了多少雙哭紅了的眼睛……待鐘樓的影子在清新的空氣中消失殆盡，我的懊悔也就蕩然無存。

我在巴黎轉了一轉，祇爲了放置好車載斗量的神物。然後我動身北上去了皮卡底❹，打算在外省度完那美好的季節。我的朋友，你別期望我會去哪一個城市。不，過去，我已經把它們走遍了，我的好奇心早已饜足。我發現這些城市與京城一樣都有相同的糟粕，祇不過比起巴黎來，它們顯得更為可笑，而且更缺少可愛之處。如果你願意的話，我可以說，那裡是一個選舉出來的參議員在行使一個首相的威嚴角色。大馬路的榮耀應歸於他。在官場圈子內，人們野心勃勃地巴結他，他向女士們微笑，他輕視男人們，他冷笑，他了結，他決定……他想表現得自命不凡，而他祇是個傻瓜蛋。

在這裡，某個鹽倉稅務員先生或某個總管大人成了小小包稅人，管所有的人叫我的朋友，誇他的廚師，大魚大肉地請客，哈哈地大笑，亂摸他的女鄰居，將道聽塗說的宮廷軼聞到處傳播，把一個大臣的僕人叫做祕書，還承諾要保護他們。跟在巴黎完全一樣，人們可以看到一個商人的妻子滿腦袋掛滿珍珠鑽石的首飾，她頭頂上的資本都快跟她丈夫在買賣上的資金一般雄厚了，她炫耀紅顏色的腳後跟，佩戴上羽飾和禮帽，說一口拿腔拿調的話，用小舌顫著發r音。

人們可以看到風雅的女才子，虔誠的女信徒，自高自大的女人，而這一切跟我們那兒一樣全都是婊子。人們可以看到我已經實在懶於看到的一切，一切祇會增添我的煩惱……我打算到僻靜的鄉野去，去當場拿獲大自然，去搶劫某個城堡，去毀壞某個屁股又圓又大的村姑。

我來到一個朋友的家。他有一份相當的家業，一個極爲出色的獵場。他的家族已經很古老了。他盡力維持著家庭的榮耀。他的妻子曾是個美人，現在看來依然……不過，這一對夫妻好比菲利門和巴烏希斯❺。你別以爲她很虔誠，不，她是非常喜歡開玩笑的。她的性格爽朗而柔和，具有社交手腕，她喜歡接待風流的詩人，因爲她懂得如何回答這些詩句。在社交中她啓迪別人的情愫與敬意。你知道，我本不善於溢美之詞，但對於她，我可以以名譽擔保，這是一幅眞正的畫像。一開始她好像太謙遜有禮，竟未對我表示熱心，但後來她的丈夫拐彎抹角地向她證明了，我在她維利埃❻的家裏終於找到了我在許多地方一直苦苦索求而不曾得見的東西：那便是集才華與德行於一身的人。

聚集在城堡裡的社交圈人士很快就爲我提供了一個鶴立雞羣一鳴驚人的機會。我翩翩起舞，滿場飛跑。我想我在這一場奇特的戲中不由自主地扮演了一個角色，表面上這個角色讓我見識了什麼是嫉妒並因此而惶恐不安，實際上它很快地就使我看清了隨和圓通的丈夫們的面目。鑒於事情的稀奇罕見，我很想給你們講一講這一次艷遇。

奧布里古先生和夫人共同生活得很美滿：沒有一絲一毫的猜疑能夠擾亂丈夫的精神。然而，夫人卻心懷詭計，她捉弄自己的先生，更有甚之，她竟和情夫一起嘲笑他。一個不小心便摧毀了丈夫的安全感。那一天，所有的人都出外狩獵去了，祇剩我一個人留在城堡裡陪著女主人。她在她的小客廳裡寫著什麼東西，我則順手抄起一本書讀，在客廳裡等著她。突然間，她走了出來，手裡拿著一封書信。我也不知怎麼搞的，可巧在這個時候，他的丈夫回到了家中。

「啊！先生，」她對他說，「你怎麼了？你臉色蒼白得叫人害怕……」

他聽了便轉過身去，在鏡子裡瞧一瞧。天知道事情又會碰得這麼巧，那鏡子正照出我的全身，當丈夫眼巴巴地看到了他的妻子正把一封信塞到我的手中，我趕緊把它藏在身上，……一股妒火騰地湧上了他的頭。他舉起手中的獵槍，瞄準了我，惡狠狠地說：「把信交出來，不然我馬上就叫你死。」「你瘋了嗎？」我對他說，「就算我有一封信，那也不能冒冒失失地拿出來給你啊！因為，這些字不是寫給你的，你根本沒有權力看到它。」「別跟我來這一套，快快交出信來，要不然就叫你的肚子吃去三顆子彈……」

我又沒有在女主人的肚子裡放過什麼東西，憑什麼要等著讓那當丈夫的來報復……我站起身，把信遞給他，又猛地一把把他的妻子推進了化妝間，因爲她當時早已被嚇得一動都不會動了。

這封信裡能告訴他的比他想知道的事還要多得多，他最最明確無疑地認識到自己成了新月騎士。他是一個外表冷漠無情的火爆性子的人。他當機立斷決定向我盤問祕密。這時候，狩獵的人們都回來了，他們什麼也沒有注意到。她把朋友的姓名一一告訴妻子，毫不吝惜地將他們託付給她一起聊天。而我呢，我半天也沒有從驚詫中醒悟過來。

然而，我從來都不喜歡壓抑憤怒的情緒，你會看到，我這麼擔憂是極有道理的。以後，無論在什麼地方，祇要先生撞上夫人獨自一人時，椅子、凳子都可以成爲他的武器來打她。而一旦走入客廳……從他口中出來的便是一聲聲：我的心肝，我的愛，我的天使！因爲他高尚的妻子根本不習慣於這一套把戲，加之她又有自己的思想不願受到限制，她便在一個晴朗的早晨把我們藏到了她的臥室中，一共三個女朋友和包括我在內的三個男人。先生急急地趕來，像打狗一樣狠狠揍了她一通……聽到她的哭叫聲，我們跑了出來，既然女人都是幫女人的，我就讓你猜猜這場戲該如何收場……大夥兒跳上四輪馬車，把夫人送到了他丈夫的母親的家中。這個婆婆是個冉森教派的老教徒，對兒媳婦有著一種無限的偏愛，而對自己的兒子卻不怎麼看得上眼，因爲他和她的一些想法大相徑庭。

正是在這一點認識之上，小妖精制定了自己的計劃。

「媽媽，」她對婆婆說，「我來投入妳的懷抱。想想一年以來，我在丈夫那裡受苦又受難，像個可憐的犧牲那樣。我必須向妳承認，我就是被他稱作冉森派教徒那樣的人，他不停地折磨我。最後，他抓住我的一封信不放。那是我寫給一位神聖的教士的，他祇不過是關心我美好的宗教感情而已，因爲，我向我的精神導師敞開了心扉，吐露了由衷之言，我的抱怨便激怒了我那丈夫。他膽大妄爲地指責我犯了不可饒恕的罪孽。自從那個不幸的日子，他暗地裡更加死命地打我，而在公開場合則極端虛僞地擁抱我。這三個夫人便是明證，這三個男賓也是證人。如果妳不救我，那我就算完了，我就唯有投身於絕望之中了……」她說著說著眼淚涮涮地就流了下來，頓時泣不成聲。「啊！這個混小子！這個浪蕩鬼！」婆婆也怒從中來，「……我的女兒，妳就留下來和我在一起，妳的事就由我來管，要是那不孝的孽種膽敢……哼，我祇消……」

這還沒有完。還必須把那信從丈夫手中要回來。她說出的理由不由得讓人不信。年輕夫人說服了她的婆婆。於是老太太派人傳令讓他兒子趕緊把信讓信使本人帶回，不然就將在二十四小時後剝奪他的繼承權。知子莫若母，他正眼巴巴地等待著從母親那兒繼承四萬里佛爾的年金呢！這當兒，他不得不服從。不過，他也在信件旁加了一篇足以引起爆炸的批注文章，……任你再小心謹愼也是白搭！老太婆以爲把一切歸送給了兒媳婦是做了全世界的第一大好事。（怎樣才能提防一個冉森派教徒呢！）婆婆想讀一讀來信，兒媳婦卻勸她緘口爲妙。「好吧！我的好媽媽，那我們就把一切扔到火裡去吧！」「什麼？我的女兒，妳還要銷毀他蠢行的明證嗎！妳對這個怪人也太抬舉了吧！」「媽媽，他好歹是妳的兒子，我的丈夫，我還是愛他的。」

奧布里古得知後十分生氣，要找我作證。我呢，我說我什麼都不知道，我說我當然拿到了封信，但我實在不知道裡面寫了些什麼。……事情到此還沒完。夫妻倆分居了，而不久前死去的老太太給她的兒媳婦留下了二萬里佛爾的年金，卻沒有留給她兒子一分半毛。

我再也懶於整日裡打兔子殺黃鼠，更不願天天聽鄉巴佬們滿口的土話，便一人溜出來，來到了索姆河❼的岸邊。那裡聳立著個黑森森，陰沈沈、模樣難看的古堡，看樣子從十四世紀的頭一年起就成了貓頭鷹們的老窩。居住在古堡裡的老男爵從無絲毫不屑與夜貓子爲伍的念頭。他的脾氣古怪刁鑽，他的容貌醜陋不堪，他的身體也是淘碌一空……說到精神思想，他的家譜表早把他排斥在族門之外了。他是個讀報迷，喜歡閒聊的政治迷，總愛讓他的僕人稱他爲老爺，甚至讓一個本堂神甫也稱他老爺，而那神父本和他一樣的博學，知道如何打皮克牌❽一直打到一百分，他吃得不多，睡得更少，像一隻老虎那麼愛嫉妒，尤其嫉妒那些會說三個拉丁字就進官加爵的漂亮人。

男爵夫人是如同民歌裡所唱的那種人：很想讓人給戳一戳。男爵本人本來是做不來那種事，卻說成他不想做那種事。我恰恰是爲了做成這件美事而來到了古堡。我很願意再一次向你，向你這個持有我的全部祕密的人承認，人們早已告訴我，那個老傢伙很有些金銀財寶。一想到有希望能從中分得一些個，我不禁勇氣倍增，敢於克服任何厭煩與噁心，敢於經歷一切狂風暴雨。

男爵冷冰冰地接待了我，我也表現得不卑不亢，彷彿我覺得他很好似的。他的妻子扮的是尊嚴，演的是才華，稍微還帶著點孤僻。不過，那丈夫對我觀察了一陣子後，突然對我友善起來。我給他帶來二十卷小說。等他瀏覽小說的這當兒，我可以好好地爲你描繪一下美人兒。

這是一個熱辣辣的褐髮女子，臉色紅潤，長著一雙又黑又亮、閃耀著火花的漂亮眼睛，一張鮮艷的嘴，一口吃燕麥麵包磨出來的雪白的牙齒。她長得不高也不矮，身材略略偏粗，像是種母馬的前半身。她的胸脯不算太豐滿，不過乳房硬挺，白嫩而且曲線優美。一副諾曼底人的屁股，肚子不很顯突。她的雙腿細長長就像是兩條母鹿腿，雙蹄漂亮得無話可說，眞是一匹好騎的馬。從頭到腳的風流告訴我，她還不到二十歲，而且是很容易搞上手的。此外，她的裝束滑稽可笑，她的舉止笨拙的可以，言行中透出一派拘謹。不過，她的目光補救了一切弱點。尤其在單獨與人相處時，她讓人明白到，她的傻模樣純粹是被迫裝出來的。

在晚飯的桌上，我把話題引到了女人上。男爵惡言相加，誹謗不已，我也添油加醋地跟著他胡言亂語。他見我順著他的意思，便洋洋自得起來，到後來竟一發不可收拾地恭維起我來。我向女主人使了一個眼色。你知道嗎？每當需要作弄一下丈夫時，每一個女人都會變成老手的。她假裝被什麼刺了一下，在上甜點時離開了餐桌。這時，男爵還在滔滔不絕地給我講述他的憂傷，告訴我他的夫人和他如何門不當戶不對，又數落她這也不好，那也不好，等等等等。我鼓起掌來。我向他保證一定去勸勸他的夫人。說實在的，這他媽的正好是我的計劃。從此，他把完全徹底的自由留給了我。本來我已說定第二天離開，但他千懇萬求讓我再住半個月，而且答應一定好好陪我。

「那好吧，我親愛的男爵，有你一個人的陪同就夠了。你還能請些什麼樣的鬼客人？不是小貴族男人就是假正經女人罷了。你是我在這個地方能找到的唯一一個風雅的男士。」「就當賣出去了，」他向正在就餐的神父說，「要是我還年輕的話，這倒挺對我的胃口，不過，在這種年紀裡，人們實在太有理智了。」

同一天，我陪男爵夫人作了一次散步。她的丈夫因患了重傷風，不能作爲第三者參加，他甚至不得不爲此而抱怨不已，並一再催促讓我快快去爲他準備綠帽子。我沒有浪費一分一秒的時間。在海闊天空聊了一通後，我直截了當地進入了求愛期。

「美麗的夫人，我向妳申訴，但我一點兒也沒有打算冒犯妳。自從我來到妳的家中，我的一舉一動都可以向妳表明我是有備而來的。我準備的目的就是要討妳的歡心，我愛妳，我希望妳也能愛我。假如我能配得上妳，就讓我們把這事兒好好安排一番。向那個折磨著妳的粗魯的暴君復仇吧！我會給妳安慰，給妳幫助，給妳快樂，給妳一顆充滿了熾熱而强烈的感情之火的心……美麗的男爵夫人，妳的回答將決定我的命運。妳痛苦的呻吟聲在告訴我，妳不能再猶豫不決了，再舉棋不定就會把我們兩個人都毀了。假如不幸，我不能取悅於妳，那我這就走……」

「可是見鬼！你不能這麼冒犯這樣一個品性高尚的女子。」「當然，我編織著一張完美無缺的愛情之網！你難道永遠是那麼不可救藥嗎？……她絲毫不比你傻，因爲，在經過小小一番扭作態之後，她接受了我的提議。我們以一個親吻確認了一切。然後，她稍作安排便過來和我一起睡覺。對她來說，這比起接待我要容易得多。」

你有沒有享受過鄉村式的愛？……那像是一頭睡在上面的畜牲。這樣旣沒有一個連接點，又不能亂動彈，簡直不知道把那個小傢伙放在哪裡才好……至於那些專門表達愛情的詞，那是爲了美人兒的，是漂亮的化學術語。不過話又說回來，該流水的它照樣還流……啊呀！該死的！我成了蜜漬水果，上面的不是一匹小矮馬……我把自己交給了魔鬼……對不起，這是被神父禁止的。

「我說，夫人，假如這傢伙也是滿嘴髒貨，妳不認爲他會洗洗它嗎？」「啊！

在慾念的逼迫下，這就自然而然地暴露出來了。（在這裡，謹愼總是好的。）哎！見鬼，洗吧洗吧。我要是碰上敵人，我一定叫他腦袋開花。」

我把她抓在我利爪一般的雙手中。整整一個小時，我把她折騰得大汗淋漓。什麼俯抱玉兔啦，什麼醉翁推車啦，什麼美國式，什麼荷蘭式……通通玩了個不亦樂乎！我敢向你保證她沒有離開過家鄉。多麼幸運！多麼自然！兩個時辰之後，她已經獨自爬到了我的身上。最後我們依依不捨地分手，約定晚上再見面，當然，這絲毫不影響在白天的公開場合中我們彼此保持著一般的關係。

男爵進入了一種最佳的安全狀態中，我與他妻子交流時的口氣儘可以讓他放心。她有時候顯得甜蜜無比，給我好多金銀，我根本沒想到還能夠在一個外省女子身上撈到這許多。「可是，她怎麼會有那麼多呢？」「怎麼會有那麼多？事情很簡單。鄉村的丈夫一般不只供他們的妻子生活費而已。這一位丈夫也是。雖說他妒心重，脾氣爆，不過她還是很愛妻子的。夫人和他一樣都有一把保險箱的鑰匙。那狡猾的小婦人取錢時總是同時打開三四個錢袋，她讓她丈夫以爲每個袋裡都不見少什麼金幣。她一共給了我二百路易作旅費；我自然高高興興地收之不卻。」

我的居住期到期了，於是痛痛快快地和那位受了騙但卻樂呵呵的丈夫告別，那妻子難受得淚如雨下，但我則更爲痛快地向她說再見，因爲命運的召喚將把我從她的懷抱中拖出。我上路了。

我的鄉野之遊的最後一站是撒朗西❾，那天正趕上玫瑰少女節❿。簡單而又感人的場面使人對天眞與純潔產生由衷的敬意，甚至我們這些放蕩不羈之徒的心靈中都激生出溫柔之情，叫人不由得不抵抗……它啓迪了我明智的思慮和健康的革新思想，這是多麼美妙的效果啊！……我還沒怎麼看清那個剛剛獲得了玫瑰花冠的姑娘，心中便生出渴望要把她採擷到手。這個村姑祇有十六歲，又美麗又天眞，而且多愁善感。我和她一下子就嘗到了愛情的果實。她愛我祇是愛我這個人，因爲我不願意買下她的愛心。我嘗到了，也許是生平第一次，一絲如此甜蜜的快樂……那麼長時間以來，爲了我這顆心，我竟什麼都沒做！

「哎！你怎麼待在利尼翁河邊！」「你怎麼那麼害怕田園小說，害怕我用那沒有味道的貨色惹得你心煩意亂，……殘忍的人啊！我難道不能夠在天眞無邪的懷抱中稍稍輕鬆一下嗎？……」

這個女孩子，她是多麼漂亮！她的臉龐白潔素淨，但每當我一靠近她，她的全身就會竄上火來。她被迫抬起朝我望來的眼睛是那麼動人心魄！……她在嘴巴上面沒有什麼技巧，接受親吻和贈送親吻時都帶著一種無邪的熱情，我知道如何激起這股熱情。她祇有自然的表情，不過當她還未墮落時，她又是多麼生氣活潑！……我們在一起時說得很少，做得很多……把你的手放在她的胸衣中試試。你有沒有發現過許多同樣的胸脯，它是多麼白嫩，多麼結實，多麼挺拔，多麼富有彈性！要不要我給你顯現一下她晶瑩潔白的身體？她渾身上下沒有半點虛假的托物，腰上沒有鯨鬚緊身撐，也沒有英格蘭式的襯腰……眞正是美第奇筆下的維納斯的完美比例，曲線多麼優雅，入眼又是多麼柔美！肌膚多麼鮮嫩！色澤多麼純粹！你勃發起來了嗎？感官享受如何？

她的第一聲叫喊是：啊！這怎麼這麼痛！……第二聲就變成了，啊！這怎麼這麼舒服！……她那舉世無雙的小屁股一扭一扭的，她那韌實的腰肢在我的重壓下卡卡作響。鄉村教育的優越性眞是不可估量，她既未精疲力盡，也不見軟弱無力。不一會，她便合著我扭動的節奏一起扭動起來。她並沒有氣喘吁吁地要暈過去，然而，當她在高潮來臨即將宣洩時，她的每一根神經都在顫動，她的痙攣本身是充滿活力的。她的撫摸帶著能量。她甚至敢於在我的舌頭上壓上她那條更加靈巧的舌頭……

所有的地方都成了我們愛情的聖地，夕陽西下時的平原，正午時分的小樹林，清晨曙光中的牧場，她滔滔不絕地談著自己的欲望，她知道它們是無辜的，而我，我自然義不容辭地滿足它們，和她分享快樂。

「我的娜奈特，」一天我對她說，「妳一心祇想爭當玫瑰小姐，以致於變得那麼害怕愛情與撫摸。」「就算是吧，」她回答，「如果說我是那麼乖巧，那是因爲我沒想別的。我生活得平平靜靜，所有的小夥子都引不起我的激情衝動。」「可是，娜奈特，妳的心呢？」「啊！那是你點燃了它的火焰。」我一把將她抱住。「妳可以爲我而犧牲妳的榮耀嗎？」「這是當然的囉，怎麼不呢，難道你還不如一個玫瑰花冠嗎？……再說，我也不會因此而失去它的。」「怎麼，怎麼回事？小機靈鬼！」「嗯，不是嗎？當一個人長得有點姿色，她就成了名人，別人看她就不會看得太眞切。」「那又怎麼！妳是什麼意思？農人的牀要比雅典娜的牀更加珍貴嗎？……」「就拿我的表姐妮科拉來說吧……哦！她是多麼喜愛米尙！……他們兩人的愛情如同火炭一樣炙熱。他們跟我們一樣常常去鑽小樹林子。我的表姐告訴我，小夥子給了她無比的快樂！……」說著她的臉紅了，這個小壞妞。「那麼後來呢！」「後來，她去年獲得了玫瑰花冠。由於這一個花冠，他們便祇有偷偷摸摸的份了。當人們什麼都不知道的時候，他們總不能指責你什麼吧。」「可是妳，妳知道了這一切。」「哦！我嘛，我太愛我的表姐了。再說了，她早就答應我，等我得到了玫瑰花冠後就把一切告訴我……」

熱情洋溢的人們，你們都跑來吧！這裡就是美德的學校！這些維護人間羞恥的保守派！善良的聖・梅達爾[11]！我可憐的惡鬼，當你的尊嚴建議這一玫瑰花冠時，它祇會胡言亂語，要不信，就讓魔鬼把我帶走。「什麼！十五六歲的純樸的鄉村姑娘就已經知道怎麼騙人了！……」迷人的性別！你在哪裡都是一樣。假如園中的蛇沒有誘惑夏娃，她也會自個兒向它兜攬那甜美的生意。

在這本應安安靜靜地度過的鄉居的生活中，仇恨究竟在哪裡？怎麼回事？母親們教會了她們的女兒告密、誹謗、中傷！好一個美德的課堂！爲了讓一個姑娘指責另一個姑娘，就必須讓她明白，如果被一個小夥子親了嘴，這裡頭就有可惡的罪孽了……清白何在？你以爲一個女人成長起來時會忘了，正是因爲那樣做了才使她與玫瑰花冠無緣的嗎？即便這一懲罰或許本來就不公正。父母們不會去管孩子們的爭吵嗎？審判者又在哪裡！……你看到他們是如此的公平不偏。誰跟你說，在她奪冠的第二天，爲了避免驕傲自滿，玫瑰小姐不會跟上一個粗壯的村夫來丟人現眼嗎？……娜奈特不就已經和我做出什麼事情來了嗎？好一個漂亮的學校一直培養姑娘們到十五或十八歲！……彷彿人們祇找這個年齡的女孩子來搞！……說到我，儘管有那些日益增多的愛好者，有那些愚蠢的模仿者，我在撒朗西仍誘惑了跟在其他地方同樣多的村姑。

必須結束這次美好的逗留了。我回到了維利埃，不久又到了巴黎。……眞的，在那兒呼吸到的空氣都有一種衞生的效應。我重又把我所有的卑鄙言行帶回家門。活見鬼！老在鄉村裡待著人們變得遲鈍多了，人們談論的是風尚，是德行，是眞誠，是正直。人們甚至可以找到可尊敬的女子。這些人眞會把我慣壞的……啊！大戲劇萬歲！我克制不住自己。我還要來欺騙多少人！我還要流多少壞水！……可是，誰將是我的犧牲品呢？……說眞的，我眞想作出正義之舉：我應該去掠奪歌劇院的那幫姐妹……此計甚妙，鬧得好我恐怕可以又嘗歡果又來錢，人財兩收啊……再說了，這是正義的報復，這是合理的戰爭，該偷偷人的賊，該淫淫人的婊子。

滿懷著這一腔慷慨的熱情，我飛奔到歌劇院。三個月不見，到處舊貌換了新顏，我需要觀察一番以了解個中底細。我爬上了騾馬市場……所有林澤仙女般的美人兒圍繞著我團團轉，她們親吻我，撕扯我，把我弄得透不過氣來。我也不客氣地左衝右刺，四面出擊，摸摸這一個的乳房，拍拍那一個的屁股。

「你是從那個鬼地方來的呀？」「從月亮上。」「不對，是從水裡上來的吧？」「有人說你死了，被餓狠們啃了個乾淨，還有人說你被人閹割了，改了宗了，反正這好像都是一回事。」「要說是改了宗，我倒還能接受……」

說著，我稍稍抽出身來和一個風姿綽約的舞女搭訕：「……妳好啊！咪咪。」「別來惹我，我氣都快氣飽了。」「瞧瞧，那我們和平相處好不好？我一定要把我的童貞交給妳。」「不行，我還愛著那個肯給我錢的闊佬。」「他媽的，妳笑話我是不是？不就是那一副派頭嗎？」「這還不簡單！你把我當成精力匱乏的人了嗎？」「我是忠誠的。」「哪個見鬼的跟你說什麼不忠實來的？……啊！這個嘛，我們明天就一起睡覺好了。」她聽了就笑了起來，「可要是讓他知道了呢？」「眞沒想到妳變得那麼傻了。」「他雖然年紀老了，可醋勁還挺大的呢！」「有這兩條就好對付他了。」「他可是一個高貴的老爺。」「這樣更好，這樣，他祇會更加蠢，更加笨。」「如果你願意，就請等待一陣，聽到鐘敲午夜你再來，要不然，我把他打發給蘿賽特算了。」

我的理由是無可辯駁的，她終於接受了。我去一個金融家的府上吃晚飯，他請了二十個名望極高而教養極差的社會名流，還有相伴的十五個姑娘。

討厭的畜牲。「什麼，你怎麼又故態復萌了！你不是三番五次向我保證過不再沾惹這些尤物的嗎？你這樣做眞令人噁心。」「好吧！我向你保證說到做到。我這祇是不懷好意。」「這還不算不再沾惹嗎？」「我祇是想掙幾個錢花，壓榨一下這些吸血的螞蝗。」「可是，這職業是不光彩的啊。」「惡鬼先生，你要知道，凡能養活人的職業便不算一門愚笨的職業，法蘭西上流社會中有哪一個不是在婊子的屁股上發的財，揚的名啊！……哎！這些壞妮子還不該把她們的一切都歸於我嗎？是誰把她們一個個培養成精通詐騙、欺蒙、背信棄義的人的，難道不是我們這些宮廷裡的貴人嗎？」「我們開銷一個姑娘。我們注意到一切手段：快感的誘惑嫵媚的魅力，虛榮的遮掩。我們把她從父母那兒奪走。當父親的想找誘姦者的缺點，說那是一個應該關到比賽特⑫去的浪蕩哥兒。不對。一種明智的教育告訴人們如何從暴君般的父親手中奪下這些呻吟不已的溫柔的人兒。人們讓音樂學院接待她。於是，她可以自由地高揚起厚顏無恥的臉，可以在豪華富麗的色彩與富足豐碩的外殼下盡情地作奸犯科。她的心靈仍然幼稚潔淨，它給了我們多麼愉快的享受！腐蝕這樣一顆心便是我們最最甜蜜的遊戲之一。祇要我們尚有點點滴滴的風流才華，就應該一樣一樣地全都派上用場。在一個裝腔作勢地保貞潔怕出醜的女人的飯桌上，你還想抽取什麼見鬼的好處？」

願一切荒淫的技巧和訣竅都被賦予給她這一顆年輕的心靈，願她醉態百出、荒淫無恥，願最骯髒的話語爲她最放蕩的行爲添油加醋，……這正是一個極好的題目。大家爲新雛鼓掌，所有的人都追求她，搶劫她，掠奪她，人們把大師捧上雲天。

不過，這才祇不過是一層表皮而已，感官的沸騰，後勁厲害的酒漿還可以引出衆多其他的話題的。假如她沒有這點點本事，她也不會卓絕超羣、出類拔萃。我殘缺不全的教育簡直不值得一誇。我想侵蝕一切可能繼續生長的德行的胚芽，摧毀人體感覺的種種起源。如果可能的話，還要在她作爲的卑瑣之上加上她的血統的低微。願她變成阿拉伯人、海盜的後代、殘酷無情的種族。願她的心變得比她的雙手更加貪婪殘忍。願她對愛情無動於衷，而且任性無度。願她祇認識無節制的肉欲享受和粗暴的快感之樂。願她所有的趣味都帶有她性格的印記。願最最無恥的小人成爲她最喜歡的人。她將永遠不知道何爲知識，像一條危險的美人魚，她誘惑人將祇爲了吞噬他們。然而，我同樣願意她那深深隱藏在心底的女人本性的東西在我的關懷激勵下，能夠稍稍遮蓋一下衆多的優點。願她在一張令人失望的臉蛋上匯集最最誘人的外表魅力。願她的才華能加深由她的目光帶來的創傷。我願在她的心靈中塞入我本人的一切卑劣。我願她在這些毫無防範的時刻中懂得濫用權利。最後，我願建議她僅僅在公衆場合表現得更加端莊體面！從而讓她由本質上變成一個宮廷中的女子。

那時，她可以展開自身的翅膀凌空飛翔，可以從父親們溫柔的關懷下，從淚流滿面的母親們的懷抱中奪走他們的兒子，啓迪他們犯下大罪而自己卻憑藉著詭譎不沾絲毫腥臭。她將會把這一個批發商弄得窮困潦倒，而當年正是他以自己的誠實、財富和生意支撐著她像個人樣兒。她可以讓那一位當丈夫的爲了她而犧牲自己妻子兒女的純潔。她將引導人們走上傾家蕩產之路，甚至逼出人命……而我們則爲此而一起哈哈大笑。我們一邊辱罵著落入我們的羅網中的傻瓜蛋，一邊瓜分掠得的財富……不過，現在我要告訴你許多別的情況……

我以爲能和咪咪睡覺了，但一次聚會卻妨礙了我們的會面。這是一次女人們的聚會。（因爲哪怕再可惡的魔鬼般的女人也有兩隻手呀）作爲補償，她讓我經歷了一次偉大女神的神祕節慶。

你想像一個裝飾全新的大廳，廳內燈火輝煌，四門緊閉。三十來個女子（我可以列舉出其中大部分人的名字），有年輕的，有年老的，全都赤裸裸一絲不掛。第一眼瞧去眞令人賞心悅目。滿堂的珍寶一覽無遺地展現在眼前！有一個胖嘟嘟的，爲我貪婪的目光獻出一個眩目的胸脯。另有一個腰肢柔軟，一頭金黃的秀髮，像是提香⑬筆下的維納斯。第三個輕盈苗條，活像一個赤裸著上身的林澤仙女……但是，在這已發出的訊號下我成了什麼？

每個人都緊緊地抓牢自己的對象：這個體操的一開始是一陣搖晃。（他媽的，連我自己也搖晃起來了，而且肯定這不會是最後一次的。）突然，場面變得熱烈起來，肉慾在千變萬化的形態下產生出來，接吻的嘖嘖聲，喃喃的呻吟聲，各種嘈雜紛呈的聲響不絕於耳……沙發已經吱吱作響。溫馨的淚水流了下來。她們渾身顫動，她們昏厥過去，她們自由自在地暢游在感覺的激流中。

好一幅圖畫！我該如何爲你描述三十個盡興宣洩的淫蕩女子！……我差點兒打破窗子，縱身跳到大廳裡……突然，她們又甦醒過來……我看到了什麼！……這是一些薩提羅斯⑭嗎？……不，不，我清醒過來：我認出了我那親愛的肉棍夾洞，她正玩著她那把肉團般的雙刃劍。另外三個人像騎馬似地騎在我們的年輕姑娘身上，她們全體像走馬燈似地輪流上來。「肉窟窿，操太太們，」我衝她們喊道，「肉窟窿，操太太們。這些個肉蛋蛋眞叫軟，讓魔鬼把我帶走吧……」沒有人聽到我。祇有這個可憐的寡婦波瓦涅來幫我的忙。

走馬燈完了事，酒神節開始了，香檳酒的波濤洶湧而來。醉意滲入一切，我的那些個互戀著的女郎變成了地地道道的女醉鬼。你瞧這兩個，一個倒趴在另一個的身上，上面那個的腦袋衝著下面那個的腿縫，兩個人正互相吮吸著對方的陰戶。再瞧這兒的一羣人，一個個姿態古怪，扭著曲著抱成了一團。再瞧更遠一點兒：肉棍夾洞夫人一人佔著六個同伴，祇見她半躺在一張大沙發上，伸出舌頭舔著第一個人的陰戶，後者的身子懸在她的腦袋上方，將腿間流出的一股汁液塗得她滿臉都是；第三個人彎下腰使勁搖晃著她的乳房，她自己的雙手則左右搖晃個不停。第四個騎在她的身上，正好被她的「雙刃短劍」插進下體。第五個人跪在她膝前，將腦袋伸到她的兩腿之間，使盡吃奶的力氣吮舔著她的陰戶。最後第六個人，將一個小小的人造的陽物深深地插進她的屁股眼，那玩意兒上還裝著一個彈簧專門用來放水……

突然間，叫喊聲、憤怒聲、詛咒聲從她們飽經快感的胸腔中發出。她們的臉色變了樣，變得互相認不出來，她們互相拍打著，她們的乳房被撞得青腫，失了血色，她們一個個喘著粗氣。她們的頭髮一綹綹脫落下來拖到地上……她們的力氣跟不上她們的瘋狂，她們終於精疲力竭倒在地毯上，地上早已被酒漿、食品和血水糟汚得一塌糊塗……我驚愕得目瞪口呆，哆哆嗦嗦地逃離了這個地獄般的妓院，發誓一輩子再也不踏進這裡的門檻了。

我不得不在這一令人作嘔的場景之後孤宿獨眠，夢中卻又見到這栩栩如生的一幕……我的良心，這祇給我多增了一份憎惡而已、話又說回來，這樣一齣戲的演員都是王宮裡的女子，我又有什麼可大驚小怪的呢？待到醒來時，我便心安理得地拿定了主意，要對此嗤之以鼻，並以基督教的仁慈對此大肆張揚一番。

當天晚上我到了咪咪的家。我十一點鐘進門，儼然像是一個應該讓別人等待的貴賓。我見她已經躺下，便趕緊脫衣上牀。我發現她稍稍有些尷尬的模樣，便用幾番撫摸將她的愁雲驅散。這個洛伊絲倒還挺爽快，心甘情願地履行了自己的職業責任，爲我提供了一次十分舒服、十分生動而又十分多樣化的肉體享受。你可知道何爲二度嘗果嗎？好一個見鬼的玩意兒！我節欲已有一年了。我很少有機會接連跑兩趙馬。而你也是個老手，這個你也淸楚，她甚至不需要另外幫一手，修女院早就把我調養得精力充沛了。

正幹得興濃時，我卻不時地停緩下來，因爲我聽到，透過凹室的隔板傳來一陣陣的響動。

「哎！他媽的，妳的貓關在裡面了。」「沒有啊。」「不會沒有吧，我說一定是貓關在裡面了，我聽到它在抓撓個沒完沒了。」「那好吧！就讓牠留在裡頭好了。」「好吧。」

實際上，到了這時光，我們就祇有厭煩的份了。差不多八點鐘時，我就起了牀，任我的嬌娃一個人繼續酣睡。我走進她的化妝間，不一會兒，我聽到有人在隔壁開懷大笑，我跑過去一看，原來是某某騎士，王宮裡有名的美男子。他像聖羅克⑮一樣，祇穿一件襯衣，一副可憐兮兮的模樣，看樣子已經凍得痲木了。

「啊！」他對我說，同時擁抱了我，「我的朋友，我快要死了。」「怎麼了？」「我眞他媽的冷啊。你看看，到現在我還在發抖。這一個地獄般的夜，我量了足足有一百次窗子的高度……你知道，咪咪昨天約了我來，我和她剛睡下不到半個鐘頭，就聽到有響動聲……『哎呀！』她對我說，『那是我的養公，這下我可完蛋了，騎士，看在上帝的面上，你趕緊走吧。』我啪地一聲跳到牀下，撿起地上的衣服，就鑽進了凹室的一個小衣櫃裡。（媽媽的，原來那就是我的貓啊，聽聽）那邊的親密話說得沒完沒了，我可怎麼出去呢？我光著身子，又沒帶武器，儘管她已管我叫老朋友，可是她的僕人們……天哪！我終於聽到他睡下了……至少，等到他睡熟之後，我想我可以……甭想，那卷尾猴吃了大約有十來斤的魔鬼藥，他把她幹了整整十二回……」「得了吧，這是不可能的……哎！該死，這也就是我所勉强能做的了。」「十二次，我對你說，幹了十二次，我可是數得清清楚楚的。還有呢，那個老風流還使勁嚷嚷什麼有貓，還打算來這兒找我。你評評我的處境。哆哆嗦嗦的，一會兒跺跺左腳，一會兒跺跺右腳，一道可咒的隔板使得我的動作……最後，他終於走了，我溜了出來，而小姐卻不管我，反而哈哈大笑。」「說眞的，」我也同樣哈哈大笑起來，對他說，「她這麼做沒有錯，聽著，我的騎士，當一個人害怕時，他是看不清楚的。你把這些事講給我聽，我敢打賭，這一大堆廢話肯定是你的夢幻。」「他惱恨，他咒罵，他狂怒，他沒完沒了地嘟噥，零零碎碎的話兒不計其數。我甚至相信，他還從屁股眼裡幹她。」「哦？說到這個，你還是打住吧！我的騎士，我可不是一個惡魔。」「怎麼？誰跟你說是你來的？」「你呀！」「我？」

「當然啦，你這故事裡講的就是我呀。」「我指著血統起誓，指著死神起誓，指著……」可是他沒有說定，因爲他的心地過於善良。咪咪一定是忘了我的約會，恐懼或是見鬼的什麼詭計使得她孤注一擲，把這段有意思的奇遇推向了極端。

我的私情平穩地發展著，不過，需要我幹的是別的而不是戳屁股。這小妞在珍珠寶貝、在裝束打扮、在金銀器皿上很是硬派，不算禮物，每月便有一百埃居的進賬。她是所謂的大包價。此外還有額外的贈禮，手工勞動費，因爲這姑娘痛恨遊手好閒，怕那樣做會產生出邪念。如此，一年下來，無論年景如何，總有五萬法郎的收入……而我呢？我一無所有！社會總是這樣，富者愈富、窮者愈窮。「第一點，那些珍珠寶貝又有什麼用處？這早就已不時興了。」借進來再賣出去嗎？不，這已不是什麼新花招。一個不切實際的伯爵因爲這個卑劣的戲法而心中有愧……那麼，把它們收進口袋而否認債務嗎？一個我願透露姓名的侯爵會指責我抄襲了他……在今天，要做一個別具特色的無賴也絕非一件容易的事。有身份的貴族先生早已發掘完了所有的模式。還是做一個正直的人吧。爲她好好地守著家吧。讓她出面提供晚餐，當我邀請衆人，致辭歡迎時，讓她來支付一切吧，珠寶啦，銀器啦，統統地從這兒流走，一直到她落得兩手空空……噢！當然，在她的羽翼下生活我實在是過於謹慎了。……

計劃一訂定，我們便開始行動。宮廷與城市的貴人們雲集在我們小小的府邸中。不多久，滿城的人都知道了，在我們的晚餐上，總有最漂亮的姑娘出席，男男女女古怪地配對相處！那裡有一個有封地的馬耳他騎士⑯，他隨身帶來的伴侶祇有亞洲的惡習與放縱。這個人集衆惡的一身：饕餮般地大吃大喝，教士般地四處滋事，軍人般地放肆無禮，宮廷中人般地放縱無度。這個年過六旬的老頭子祇喜愛未成年的孩子，那剛剛開始腫胖起來的肉穴，那剛剛開始茂盛起來的細毛會令他心蕩神馳。

他希冀著什麼呢？衝破想像中的障礙嗎？……這個衰弱的競技者。鞭子無謂地抽打著他枯瘦的屁股也無濟於事，他到達不了目的地。他顫抖的手祇會加速疲勞，他祇能憂愁地在聖殿的門外哭泣。

你看看他身旁的那個修士……怎麼！你還爲他而臉紅？他的內心無恥之極，外表看來也是一個惡棍。不過他像一個奴僕那樣擅長阿諛奉承。他拖著一條騾子的陰莖，眞是有權戴主教冠，執主教杖的。一生中他整整有二十次這樣成了功。瞧瞧他腦門上發炎的淋巴結，鼻子上的斑斑紅疹……那便是長年征戰的成果！他叫喊著擁抱了馬爾丹，後者十分清楚地知道，祇有一個洞穴的老鼠很快就會被捉住。

好吧！好吧！杜卡萊⑰變得情意綿綿的了……見鬼！等一會兒，等把蠟燭吹熄了再說嘛……那無賴就要爬上甘西⑱了。他剛把它抓在手中。「幹吧，眞是見他媽的鬼！你總是害怕……聽我說……這是充公西班牙煙草的全部贏利。」「我猜，」站在我身旁的米洛德偸偸地對我說，「薩賽特夫人會以一百鐖尼⑲的價把她的肚子借給我的。」

「米洛德，你又談金錢了，不過好吧，你可要小心，我擔心那裡面塞了肉。」啊！一百萬個惡魔⑳。讓我笑個痛快吧！……一個外省人向科隆波小姐保證了他對她的深深敬意。而她則把他的話當作妙不可言的眞心……可是那女惡魔怎麼閉著眼睛像個要死的樣子。她媽的，我沒猜錯，這會兒多爾比尼正在讓她痛快。

「聽我說，荷爾唐絲。」要去羅馬的伯爵說道，他爲這次旅行已經有點醉意陶然了，「你吊得我好胃口，……我知道，這是規矩……不，我不怪你，這是職業的甜糖。可是，他媽的，你怎麼把甜頭給我的差人嘗了！他們這些惡魔給我表演了一番，這下拆了我的台。」她裝出一副十分遺憾的樣子，聲明闢謠。他在她的身邊，當下一把扯下她身上的熱敷布巾，裡面漏出了春季換下的鳥兒的羽毛……好傢伙！我趕緊溜開，而他們不一會便又言歸於好了。

咪咪舉辦舞會。衆人雲集。騙子們趕來打劫。年輕人和老小孩被刮得傾家蕩產。咪咪本人也不幸福，短短兩個月時間，我們吃空耗盡了珍珠、鑽石、銀器、餐具、家具，一直連骨瘦如柴的馬兒都吃光了。

正在這個時候，一個肉店老板前來要求扶持她。這個冒失鬼生來就是對付長角的畜牲的。我打從心裡不願意毀了我的美人兒，便早早抽身投靠了薇奧蘭塔的懷抱。

你認識這個漂亮的小妞，她長得天使一般姣麗，簡直是美惠女神的手提出來的。她的皮膚肥膩，色澤鮮艷動人，胸脯美得令人垂涎。除了這些優點，她還有一手更絕，她比所有人都更有才能欺騙一個供養她的保護人。那是一個有著一副孩子般笑臉的可愛的青年人。相信這一點吧。

這個女妖精從去年夏天開始便被備用。我早早地讓她懂得她的賴昂德㉑的所有財產祇不過是一地細草（而且地裡還長滿了野草），產量抵不上一個魔鬼。他倆便糟糕地分了手，就像司空見慣的那樣。一個金融家獲得了她，重新打扮裝束她，給她吃的住的。至於如何包紮傷口，他是一竅不通。見了鬼！必須有人來負責這事，這個人就是我。

那位金融家先生患有哮喘和痛風。他的手指呈鈎狀，而且多結節。這便是他的標記。此外，儘管他很醜像個妖怪，但滿口講的都是金錢，儼然一個威風顯赫的大老爺。每次來訪都伴隨著一份厚禮。我的老天，不久，我們就變得富富有餘了。我的女神想要一輛四輪馬車，我根本就不同意（本應該把我的意見推翻了），不過，對於任何用於舒適和豪華的設備，我們是概不拒絕，當然，一切費用該由那個無賴來出。

我還是這一家的忠實的食客。爲了預防萬一，我和薇奧蘭塔約定，她把我稱作她的兄弟，這也是老生常談的作法。有一天，我們的克雷蘇斯㉒正在她家吃飯，我穿著禮服，緊身衣和白套褲進了門，粗俗的裝束和一臉狠狽相使我看起來像一個正在找飯碗的奴僕。

「啊！你好，我的朋友。」「我很榮幸能見到你。」「你在幹什麼？」我以爲這個怪人要問我這一向在哪裡穿號衣，便答道：「先生，我是地毯商，願意爲你效勞。」「你會讀書寫字嗎？」「哦，先生，我在學校待過三年，不是我吹噓……」「我很寵愛你的姐姐，你就乖乖地幹吧，我有的是給你的……」他說著把兩個路易放到我手中。「他眞是長得漂亮。我的王后，他的眼睛跟你很像……不過，看來他好像不太機靈吧。」「哦！可不是嗎，」她說，「他可是一個新手，一點兒經驗都沒有，眞是讓我乾著急。」「你有情婦嗎？……」你看我，聽了這話，便晃了晃腿，把帽子翻轉過去，臉上紅了起來。「先生，你的心眼眞好。我倒是很喜歡我們主人家的一個姑娘，不過有一隻老猴子插在我們中間，蒙著她的眼睛，因爲他很有錢。」「他已經老了嗎？」「啊，先生，跟你差不多歲數。」「哼！」他氣吁吁地說，「你的兄弟祇是一個傻瓜蛋……好吧，好吧，再見……」

我告辭走了。他媽的，三天之後，我的名字便登錄在女人們的生活必讀書之上。

這時節，薇奥蘭塔正中了邪入了魔，她的先生讓她感到厭煩得要命，我就乘虛而入，在夜裡幫她寬寬心。因爲先生有這麼一個貞潔的妻子，就從不在外邊過夜。貞潔倒還算貞潔，但那個好心腸的女妖精卻隔三差五地讓他當王八。

我有兩種牀上祕訣足以讓我的公主玩個痛快，既然我是它們的發明者，我就來跟你說個端詳。

在最初的兩下抽打之後，——因爲這種玩法需要一切先準備就緒——，你就攔腰抱住你的美人。讓她斜歪地躺下，稍稍彎曲著身子，你伸出左臂到她身子下留出的空檔，你彎起手來搖晃她左側的乳房。你要從她身後幹她，這是淸楚了。不過她的腦袋仍要靠在你的腦袋上，使你有可能把她的舌頭含在口中。而你的右手要摸著她的陰門上的小蒂核……你想像一下這個情形。龜頭與蚌肉平行運動，還有兩個手腕子也要同時動，舌頭竄來竄去，牙齒咬來咬去……即便最最冷淡的女子這時也會動將起來：這是一招，不信你試試蠑螈㉓一般的女子……我可以毫不誇張地說，沒有幾個婊子能像薇奧蘭塔那麼乖乖地馴服，她實在是無愧於我的發明。

我的生命恐怕不會傳到子孫後代了！……忘恩負義的活人！你們把什麼獎金、桂冠都給了那些祇能惹你們厭煩的多嘴多舌的人們……而我呢？一無所有嗎？一個專門製作讚頌詞的平庸之徒，一個祇會枯燥乏味地高談闊論的僞君子坐上了金交椅……啊！說眞的，假如事情僅僅止於此，我就讓他投入交椅的扶手，而我則投到薇奧蘭塔的懷抱中……可是，法蘭西實在有愧於天下，那些幹女人幹得最棒的偏偏卻沒有獲得任何獎勵。贊成人口發展的人們！自由自在的經濟學家們！難道是操蛋的出生與死亡的統計催生了國家的孩子們嗎?你們所有的修士，那些令人膩味的說理者，那些沒了睪丸的人倒有吃有喝有錢用，而我一個靠卵蛋吃飯的卻一無財產二無名聲。我看到在我悲慘的祖國天天有人爲爭奪麵包而爭戰不已。我看到——眞是令人難以置信的事情——六千名士兵征服了唯有麵粉袋武裝的農民。是誰聚集了這些人?是誰使得這些新的西坎布爾人㉔從福特山上㉕下來?

你們的書，你們見鬼的書!哎!該死!假如在我們的每一個村莊裡，教書先生被一個善於操穴的師傅所代替，那麼被拴在牲口背上的農民便用不著朝思暮想到京城來找一口飯吃了……從前，阿波羅用一根陽物撥響了他的里拉琴。可惜啊!現在它不再勃起，他用自己的手代替了它!哎!我不在乎一百卷經典的廢話，不在乎它們用小牛皮裝潢的精美包面，就像它們的作者埋葬在冰冷的催眠的塵埃之中。我的書是一個屁股，我以千百種方式翻閱它，我的問題的解答也同樣光榮，同樣歡快……

我這個祇呼吸到祖國的光榮的人，我建議設立一個科學院。每個院士必須是至少一種姿勢的發明者。我要安設十個僧侶之位特爲留給一個漂亮的紅衣主教和其他的高級教士。低級神職人員和一般的修士將作爲自由院士吸收。每年要將一筆獎金頒發給最美的性愛方式，同時，一枚金牌發給對此方式運用得最佳的人士。評委三人，一個公爵夫人，一個女隱修院院長，一個歌劇女演員。如同人們所普遍熟悉的和約定俗成的，這三人都是妓女。當然，模特兒是不可缺少的……那時候，人們將看到，稱得上自然神論的陽物異常勃發的普里阿波精神到處開花結果。書記官也不會甘心於當一個陽萎者，人們會以胴體的故事來代替道德的故事……

不過，讓我們就此打住，別打叉了話題，言歸正傳。人與羊有共同之處，他們都是帶毛的動物。

薇奧蘭塔有一頭舉世無雙的秀髮，她特別喜歡讓人在她的秀髮上幹。「什麼什麼！在頭髮上幹！」對於我的可愛的惡魔來說，這讓你吃驚了吧。其實在哪兒都能幹，比如說在胳肢窩裡，在眼睛裡，在耳朵裡……至於乳房，她再搞也是白搭，她的胸脯長得實在太硬實、太挺拔了，這對艾美來說也許合適。不過她的珍珠恰恰在此地：小梅薩利納㉖直挺挺地躺開在地，兩腿大張著；而我，我把腳放在了應該放腦袋的地方。我把陽物投入她的口中，隨後將腦袋伸到她的兩條大腿中間，在她的陰戶裡大舔特舔一陣。假如你親眼看到這一場面，我想你一定會笑得個不亦樂乎。

這個腦袋與屁股的雙重運動確實是稀奇古怪的。

與此同時，總是有一個叫杜雷的先生為我和薇奧蘭塔提供著薪水，讓我們吃得飽又喝得足。我們的放蕩協會實在讓我覺得好玩，當然，杜雷先生不是裡頭的人。

一天早晨，我去一個熟悉的漂亮騷娘兒家打算在那兒吃頓午飯。僕人們總是跟往常一樣見鬼地不知跑到哪兒去了，於是我通行無阻地來到了臥室。我正要走，突然聽到說話聲：「夠了，夠了，啊！尊敬的大人，夠了……啊！操……見鬼的僧侶……啊！你要把我弄死了。」「以聖方濟各㉗的束腰帶起誓，」偽君子卻回答道，「我要幹完我的十二回……」見鬼，他原來是我們的人。我抓起滿滿一盤糖汁烤肉，神氣傲然地守候在一旁，我要等到他唱誦連禱經。這時，我悄悄地掀起布簾。

「神父大人，」我戰戰兢兢地向他問道，「您不想要這糖漿嗎？我看你好像唸經唸得累了。」何等的陽物啊！我的朋友，我見到了什麼樣的陽物啊！他媽的，土耳其人的陽物在此都要小巫見大巫……除了大名鼎鼎的外省教士安布洛瓦茲神父，世界上誰還有那麼傻大傻大的話兒？瞧，它正在從事一項使命，一把如此的聖水刷從來不能驅祓撒旦大人……「請聽我說，我的尊敬的大人，」我對他說，「我是個善良的魔鬼。來，讓我們交個朋友，你放心好啦，來，我們一起喝一杯。」安布洛瓦茲神父拍手同意，從他的窘境中緩過勁來。阿萊克桑德莉娜拉響了鈴，午飯已為我們備好……

「操蛋的，」餘興未盡的僧侶說道，「瞧瞧，我親愛的，瞧瞧，我們那些穿著裙子的妞兒們也就是這等角色。在這一身我痛恨至極的教袍底下，我們隱藏了鋼鐵一般堅硬的陽物和母雞一般柔軟的心腸。我們害怕那正等待著我們的可怖的酷刑。」「怎麼，難道幹了一個如此漂亮的女子還要受懲罰？」「噢！不是這樣的，不過，萬一事情敗露，被人撞見了，那就完了。我們幾乎是出家人中的最最正直者。寬袍廣袖的神父們總是受到婦女們的尊敬。當然，也許不那麼受他們的丈夫的尊敬，儘管我們在他們的家庭裡做了那麼大的好事。祇要小小的過失仍還是祕密，我們就無可懷疑，而一旦事情暴露於光天化日之下，我們就將被囚禁起來。」「就如同發送你們的人們。」「我的天，祇要可能，我們就打發他們進地牢。我自己，說眞的，我想還算是一個好魔鬼，我曾經把一個在杜馬夫人家被人捉住的年輕神父關進了黑牢。我們僅僅靠著施捨度日。僞善對我們來說不僅是必須的，而且是救命的一著。千萬個一事無成的無賴，千萬個老娘子渴望著熱愛上帝，因爲我們這個世界不再讓他們受苦；是他們這些無賴、妓女維持了我們這一行遊手好閒的職業。千萬個騙術，千萬個花招幫我們從他們手中詐騙黃金。金子可以裝飾迷信的祭壇，可以供養罪孽的幫兇，因爲，說到底，簡直是操蛋，說眞的，從我開始算起，我們全都是一文不值的。」「可是，神父啊，你可是比你的年齡要早熟得多啊！」

「此話不假。不過，請聽我細說個中原因。我十九歲就進了修道院，那時光，宗教狂熱奔湧在我的腦袋裡。我看到魔鬼親身前來追蹤我。我被它頭上的尖角嚇破了膽……我曾是那麼仔細地盯著它看，從此之後，我對這個魔鬼之國的裝飾熟悉之至，瞭如指掌……我以神聖的順從的名義起誓，有人戳了我的屁股。我長得又高又大又結實。我成了我們羣體中最時髦的俊男。我的那話兒也很快長得如你所見的那般勃凸。當初，神聖品級的巡迴監督給羅馬主教團挑選新成員，我們的主教得癆病快要斷了命，是我用那話兒插進了他的屁眼治好了他的病……操蛋的義大利人的臭肉！（我這麼罵，夫人，請妳別見怪）不過它也把義大利折騰得累垮。我這個人從上面和從後面㉘來看（也就是說看屁股和看臉蛋）都很漂亮。我們的衞士給我們作了介紹。（可憐的妖怪因爲這一犧牲而愁傷得要命）拜訪者給我量了尺寸，我得到了允准。我被帶到傑出的尊敬的大人面前時，他把屁股轉向我，這是一個榮幸的標誌，我當即操練起來。該死，這是一個高傲的臭物，它像個小酒桶那麼寬敞。不過，我的塊兒也不小，我成了他的小寶寶。他被任命爲托萊多㉙的宗教審判所的大法官，我也就跟著他去了。」「啊喲，他媽的，你眞是好命。」「正是在那兒，我有幸見識了長著各種各樣陰戶的女人。西班牙，多麼美好的國度！到處都有鮮花可採擷。它們常常是白顏色的，不過，一個僧侶用不著那麼感情細膩。我就不跟你細述我所見到的一切了，有多少漂亮的姑娘被我們像猶太人那樣關起來，像基督教女信徒那樣幹了！我們的套褲被她們用作地獄服㉚，舉起陽物一擊便算是寬恕了。我所氣忿的是，人們活生生地燒死了十二個一味地夾緊屁股怕被人幹了或是老想上牀搞別人的人……哦！審愼是一種多麼美妙的品性！……尼古拉神父死於聖徒之死，他死於梅毒。我給波多卡萊托紅衣主教提供服務。人們任命我爲副本堂神父，然後又當了教省的副主教。魔鬼的生活讓我生厭。巴黎充滿了晶瑩清澈的女人，此外還能晋級。我便沒有絲毫東西可害怕的了。於是我幹上了這一行，過去我是幹女人的，現在還在幹女人，將來仍要幹女人的。這就是我的故事和我的結論。」

我和他一起大吃大喝……「可憐啊！神父大人，那些信女們付你錢嗎？」「那當然囉。我在這裡不是跟你誇口，我每月可有一百個皮斯陶爾㉛，這可還沒算額外的謝禮。我領導著女人的陰戶和良心。」「怎麼！懺悔！……」「廢話！正是在這懺悔裡頭我們教育一個女孩子，我們讓一個謹小愼微的女人得到安寧，夫人，當她們走出教堂的大門時，人們給他們一股子妓院的滋味作爲懲罰。」神聖的無恥之徒眞叫我不寒而慄，儘管我本人也算得上是個無賴了。「可是，神父先生，你們就什麼也不信嗎？」這個我可知道，從表面上看，我比他們還更不信什麼，不過，我倒願意進一步揭露這些人的惡鬼面目。「噯！我的朋友，你作爲一個世俗的人眞是傻到頭了，哪個見鬼的會相信他自己造出來的破爛貨？我才不管什麼司各脫㉜還是什麼聖奧古斯丁㉝呢。好好地享樂吧！出詭計，喝美酒，幹女人……聽天由命吧！篤信宗教的人們給我們帶來了一切。我們哇啦哇啦地唸經，我們嬉弄老太太，我們調戲小姑娘。」「當眞！我的神父先生，你想的還眞美。這簡直就是福音書一般的箴言。不過你忘記了重要的一點：家庭的教育與勞動。」

「得了，我們正是在這一方面放射出耀眼的光芒。我已經跟你說過，一個過於虔誠的民族，便是一個愚蠢的種族，儘管它有叛逆的精神，對我們則仍是忠誠不渝。在一開始，我們的武器是苦口勸說，是甜言蜜語，是上蒼的啓迪。我們像蛇一樣潛入人心。我們在卑謙的基礎上建立起高傲的勝利之廈。首先百依百順地縱容，很快便獨斷專橫，我們的意見變成了決定，我們的決定變成了不准抵禦的神諭。我們不允許任何抵禦。我們不是製造了永恆的聖父之雷來懲罰那些抗拒者嗎？瞧，我們就是這樣俘虜了人們的意志，使人們害怕別西卜㉞（然而他並不比我們兇惡多少）我們就是這樣掌握了一個家庭的祕密與財產。一家有個漂亮的姑娘，我想幹她，可她不願意，於是囚禁她的命令就宣佈了。一個修女院將讓她為自己過多的美德而呻吟……有人要嫁出他的妹妹，她的情郎很討她喜歡。但他不討我喜歡，因為他蔑視我，或者乾脆就單單因為我想以惡對惡，這樣做不是可以讓一個僧侶的心裡寬鬆一下嗎？我便散布謠言。說他既不相信聖潘塔勒翁的脊椎骨，又不相信聖波拿凡都拉㉟的短褲。這是褻瀆宗教的，他將被逐出教門。他恢復了理智，他乖乖付了一筆錢。他又變得像聖多明我㊱一樣正經了。某一家的獨生子是一個最有希望的青年人。他有思想，有才華，有教養。他的父親如同所有的虔誠教徒一樣不給他留錢，不讓他有錢去喝酒，他就自己想辦法：我會些什麼呢？年輕人的衝動促使他犯罪。我建議用暴虐的權杖來解決，這個他明白。他憎恨我。好吧，咱們就走著瞧。我裝出副寬恕他的樣子，讓他罪上加罪，我叫人剝奪了他的繼承權，把他關起來，折磨得他奄奄一息，所有這一切都是為了上帝的偉大榮耀，而那被我牽著鼻子團團轉的愚蠢的野蠻人卻以爲戰勝了上蒼，以爲他已讓上蒼和自然顫慄呻吟……一個老流氓家中藏著一個漂亮可愛的妻子。老頭子整日裡想著以罪惡的手段報仇雪恨，動機與效果均充滿了邪惡的復仇精神；加上他心有餘而力不足的淫蕩行爲，以及另一些同樣值得謳歌的目標，這一切的一切催著這個丈夫迅速地年老體衰。美人兒的日子是在淚水中度過的。晚上空守著行屍走肉般的老朽，她祇有聲聲哭泣相伴。如果她沒有被迫接受那些令她作嘔的撫摸，她就算是相當幸運的了。但那老頭兒的撫摸凌辱了她，激起了她內心的反抗。她得忍受肉體上與精神上雙重的確確實實的折磨，她永遠祇擁抱著一個陰影……啊！對我這個僞君子、浪蕩公子、冒失鬼、厚臉皮漢來說，這眞是一次漂亮的機會……我擬定了計劃。她將向我的欲望投降。我一定要把她祭獻給我的激情，要不然，就讓她身敗名裂，背一個下流卑鄙的黑鍋。純潔無邪的趣味、合情合理的快樂、必要的禮儀、動作、目光、思想、言語，甚至一些無關緊要的行爲，喜怒哀樂，一切都染上了毒臭味。她若不成爲我的同謀，就必然成爲我的犧牲。要麼，在我的眼睛裡，她將骯髒不堪地活著，要麼，她就得蒙受公開的恥辱，在悔恨之中死去……不過我們還是喝酒吧，讓她去見鬼好了。朋友，俗話說得好：酒後吐眞言啊[37]……說眞的，你可不要洩露我們教會的祕密，不然，你可要後悔莫及的。」

「誰？我嗎？我的神父，你在說我嗎？請問，我怎麼會呢？我又不屬於你們。」「你不屬於我們？得了吧，我們走著瞧好了……現在我們不妨假定，你已經傻呼呼地或存心不良地汚蔑了我們。我的朋友，這樣，你就完了。」「停住停住，卑鄙的惡棍，」這時，阿萊克桑德莉娜叫了起來，「你幹起女人來像個天使，但是你的心殘酷無比，你讓人心寒。我趕緊走吧，我再也不願聽你說了。」「黃毛丫頭，」安布洛瓦茲神父說道，「妳吃的麵包還沒我吃的鹽多呢。滾吧，滾吧。我看見妳都不再硬了……」我們繼續談話。

「你以爲我們會公開地攻擊你嗎？可憐的傻瓜，那你就錯了。這樣，你會逃脫，你會撕下我們的假面具。不，不，我們一開始會調查清楚你所認識的所有的高貴人士。我們選擇那些最最軟弱的，他們軟綿綿的德行屈服在偏見之下，一定會促使他們變成魔鬼，執意地與偏見作對。人們不是衆口一詞地讚頌你嗎？但惟一遺憾的是你這一身的優秀品質卻被某種缺點掩蓋了。至於這缺點，它總是由志願傳播小道消息的碎嘴子們的興致隨意決定的。於是人們一點一點地散布流言蜚語。人們盯著你的每一步每一腳。人們不放棄任何一次機會觀察著你。」「可是我不給任何人把柄可抓。」「你光知道這個。人們會誹謗你……你不是想獲得一個職位嗎？不是想建立一個機構嗎？匿名信便會從四面八方飄揚過來，魔鬼之手將創造出它們，把它們當作禮物送給任何一個隱修士。我們的人會散佈它們，會添油加醋地宣揚它們，野心勃勃的人會貪婪地採用它們，讓別人相信它們，你的敵人……因爲任何人都有私敵，品德高尚者的敵人比別人的更多……如獲至寶地收集它們。」「可是我也許會替自己辯護的。」「當然，我甚至相信你將會說服一百個十分了解你的人。但是公衆輿論卻總是反對著你。要想抹掉那讓你垮台的公衆印象你不花上個三十年工夫是不夠的……行了，行了，讓我們一起回顧友人馬基雅弗利㊳留傳給我們的箴言……誹謗終歸是有用的，它至少能留下傷疤。這辦法是百試不爽的。」

「我的神父，聽君一席肺腑之言，我眞是如醍醐灌頂，茅塞頓開。想不到你眞有兩下子啊。」「好了好了，」那僞善者答道，「這些還祇是我們的基礎知識……要是某一天我把那讓我們長年來如同王中之王在大地上作威作福的策略的祕密洩露給你，你就會……哈哈，我們一高興就可以把君王們趕下寶座，甚至把他們送到陰間……」「啊神父，求求你，把這美好的東西教給我吧。沒錯，有誰知道呢？也許我會成爲方濟各會修士的。」「行了，你恐怕會對自己更不客氣。不過，還是聽我說……」

「你一定知道，曾經有那麼一段時間，極端的愚昧無知席捲了全世界。宗教狂熱和迷信被人當作寶貝一樣統治著整整幾個幸運的世紀。在這永遠值得紀念的吉祥年代裡，教士的法衣統治著君王的王冠，那時候，聖貝爾諾派的教徒，方濟各會的修士和多明我會的修士聲音嘹亮，肺氣充足，一肚子壞水，他們激勵著，促生著基督教的無知愚笨的膽汁！膽大妄爲，謊話連篇的先知們在埃及和巴勒斯坦的沙漠中聚集起數百萬東征的十字軍，在他們的旗幟下，激怒的歐羅巴將矛頭對準了亞細亞，奔向那裡尋找著寬闊的古墳，而那些輕信的居民則成了我們的屬臣，他們在我們手下留下了足夠多的遺骸才建立起眞正的耶路撒冷，一個不朽的、强大的耶路撒冷，那兒麕集著世上一切的邪惡與閒散，一切的野心與罪孽。

那時，任何一個僧侶都是聖者，任何人都是有教養的，稍稍超出這一世紀的規範便被逐出教會。自由不再存在，我們追蹤它的陰影一直到靈魂深處，一直到思想的懷抱。眞是一個幸福的時代！可惜啊，時代變了又變！……哲學出現了，它再也不是爬行在學校舊紙堆裡的令人頭痛的連篇廢話，而是一道刺目的致命光芒，它驅散了宗教狂熱的迷霧，打碎了迷信的玩偶。就像黑夜之鳥一樣，我們被强烈的光輝刺傷了眼。我們被擊得落花流水，我們跑去躲藏在那些庸人們尚還尊敬的庇護所中，而復仇的光一直追蹤我們到那裡。人們戳穿了我們的陰謀，人們揭露出我們的動機，人們深究著我們的策略，人們揭下了我們的面具，將我們的品行與惡習暴露在光天化日之下。謀反的世界聯合起來打擊我們，我們完蛋了……它的蔑視救了我們，我們的主教府所在的城市支持了我們。

有一種權勢，它的極度傲慢以及它的無邊的期望使人敬畏不已，儘管它的權威是不牢固的、人爲的、造作的、甚至是專橫的和策略性的，它的力量仍存在於它的弱點之中。無知給予它生命；奸詐和狡猾增強了它本身，王子的爭權、諸侯的爭霸使得它趁火打劫，坐收漁翁之利。不屈不撓的精神使它穩居高位，極端行爲使它變弱，藝術與手腕支撐著它。它的首領，一個强有力的貴族階層的專横的調停人，全靠我們才有了崇高的聲望。我們這支熱情鼓舞，永遠復興著的隊伍在精神意志上和良心理智上都與人類的大多數格格不入，在公衆事業上我們總是打敗仗，我們的唯一利益便是發展自己的隊伍，增添這位宗教狂熱代理人的榮耀。他是在我們的基礎上建立了他的王國……因此，我們都是他親愛的孩子和虔誠的信徒。恭恭敬敬的舞弊、下流猥褻的演出有罪的鬧劇，這在過去是那麼受到尊重，但是，它們的統治時代早已逝去！那麼好吧！我們的步子會邁得更加小，然卻更加穩。我們有可以復仇的。在我們的庇護所深處，我們煽動著不和，我們策動著那曾經將歐羅巴撕裂、將她浸泡在血泊中的內戰。我們的誹謗文字、我們的說教，還有那告解座的誘惑力足以讓我們磨快匕首；全靠我們的努力，全世界的人們都知道了這一條，殺死一個異端分子是被允許的，而且是神聖的，這也就是說，異端分子就是我們不共戴天的敵人。

因此，有父親殺死了兒子，有兒子要了曾給予他生命的親生父親的命。大罪產生出殉道者。我們劫掠富饒的地區，我們毫不冒險地讓血流成河。在我們的復仇對象中，沒有一個凡人能夠避過我們的打擊。復仇中，聖多明我[39]的後代們殺死了最後一個瓦盧瓦人[40]。復仇中，依納爵[41]的子孫祭獻了哲人們至今仍敢於爲之而哭泣的亨利[42]。火刑、鐵鐐和毒藥，我們輪流著用。犧牲者屍骨成山。劊子手和刺客都幹得疲勞了。牢房裡塞滿了無辜的人們，我們喝飽了血，拿足了黃金，享盡了肉慾之樂……但是我們仍然沒有吃夠。貿易的精神前來與統治精神相匯合，爲我們無謂地獻出新大陸的珍寶。新大陸也好，舊大陸也好，都被我們藝術地掠劫一空。我們的貪欲被刺激起來，我們的道德品行並非因此而變得柔和一些。表面上，一片安寧，實際上，這都是僞裝的。我們感到我們的財富可以用於支撐我們的名望。背叛了國王的野心勃勃的專利王權的倡導者已被消滅，我們就應該保持沈默，但是，沈默歸沈默，無動於衷可不行，一定要有所動作。

我們的陰謀串通起來，我們的密計策劃妥當，我們的敵人還用可笑的武器對我們加以攻擊，他們錯以爲還壓過我們一頭。我們還保留著另外的財源，我們無聲無息地暗中搗亂。老弟，你還年輕呢，你一定會看到我們努力的成果。

一場革命在重新威脅著世界，也許它還要等待久遠的時日，但它肯定要發生。我們將把這些膽敢鄙視我們的高貴人士踐踏在腳下。我們還要統治……但願我們能將人類重新推入野蠻狀態。消滅一切科學，生吞活剝地將那讓我們飽受凌辱的奸詐哲學扼殺在搖籃之中，最終在遍地的廢墟上建立起我們榮耀的新大廈！那時，一柄鐵的權杖將統治全球，世界將屈服於我們的任性，獻身於我們的欲望。我們將像蘇丹一樣支配我們奴隸的母親，他們的妻子，他們的女兒，我們將引導這些卑鄙的靈魂把它們的恥辱當作一種財富……

這些極樂的時日流逝得比我們冒失的敵人預料的要快得多。他們不敢試用唯一有效的倒退的辦法，也不敢試圖粉碎我們的神聖隊伍，粉碎我們集合於其旗幟之下的強有力的社會等級，他們尤其不敢剝奪我們這些使我們變得無所不能的巨大的財富。不，面對這貪財的世界我們無所畏懼。我們支付那些將成爲我們的奴隸的保護者。他們將百倍地回報我們。」

「以貴族的血統起誓，神父啊，這眞是精妙絕倫！多麼開闊的視野！多麼狠毒的心腸！多麼不公的祕密！……」我停住了嘴，因爲安布洛瓦茲神甫意識到自己說多了，已經皺起了眉頭。爲了分散他的注意，我責備起正在房間中央跳著舞的阿萊克桑德莉娜來……

「神父先生，你願不願意認識一下帝國命運的眞實象徵，認識一下革命運動的工具和宇宙天地的指南針？……好吧。」我說著，故意指了指美人兒高高翹起的屁股，「神聖職業的一切計謀都以此爲終結，蘇丹的傲慢、蒙古大汗的奢華排場、專制君主的任性、暴君的憤怒、征服者野心勃勃的樂事、兩大半球的財富，這一切的一切都以此爲終結……」見鬼，我的話，還沒說完就該溜走，因爲安布洛瓦茲神父早把阿萊克桑德莉娜從我手中搶走，把她扔到牀上也要以她爲終結。

我回到了薇奥蘭塔家。麻煩的事情正在那等著我呢：天有不測風雲，杜雷先生被一個稅吏趕出了包稅總所。我們破了產，背上了一身債。這裡說的我們，也就是薇奧蘭塔。我不得不建議她賣房抵債，我也將早早抽身以便不影響她的搬遷。

我永遠是那麼喜愛音樂，同一天晚上，我認識了基馬爾家的夫人。這個妖怪長得奇醜無比，正好可以表演女廚之類的角色。不過她的嗓子很美。當她把調子唱準了時，歌聲還是滿讓人喜悅的。再者，她幹起男人來像是發了瘋似的。我們的名氣省略了繁文縟節，我跟她商定一天幹六次。她則解雇了以前被她榨得氣血大虧的水夫，並讓她的化妝師和僕役們休養歇息。我們商定同意把我倆的錢袋放在一起用。當然啦，我連一文錢都沒有投放。她舉辦音樂會，在家中招待一些心中懷著敵意前來詐騙她的同件，還邀請一些專門交結狐朋狗黨的音樂家，一些品性高雅的人士，還有一些行爲不端的音樂愛好者。

一次晚飯後閒聊，我與一個才氣橫溢、風度翩翩的著名作曲家搭上了話。他叫岡比尼。我們談起了法蘭西的音樂革命，我如飢似渴地洗耳恭聽，自感獲益匪淺。突然，有一位先生走來向我們招呼：

「怎麼？你們在談作曲啊！一點兒都不吹牛，在這一方面我可是一個强手。」

「我毫不懷疑，」我對他說，衝著藝術家瞟去一眼，「我很樂意你能給我們，給這位先生和我本人上一課。」「願意效勞，願意效勞，我從不拒絕關心他人。」「咱們舉個例子，這位先生想創作一部歌劇，他就向我要一篇詩。」「他的音樂大概已作了吧？」「還沒有，怎麼！這有什麼關係嗎？」「活該，當人們祇是給詞兒譜曲時，音樂從來不會太好。這會限制一個音樂家，妨礙他的自由描繪，他的想像力會冷卻下來。」「可是，先生，我似乎覺得……」「你似乎覺得不對頭？一個樂隊，就說一個樂隊吧，這就是所需的一切。跟著Le moline，這就叫做寫歌劇，歌詞永遠不會和音樂相配的，不過，這絕不會阻止效果……我，我認的就是效果。我說的有道理吧，岡比尼？」「侯爵先生，當人們想表達一種情感時，比如說，愛情吧……」「對，這就需要有半音，需要許許多多的假五度音程。但是，人們爲了完美的和諧把這些都走樣了，人們通過小三度音過渡到相對平穩的聲調。給我減它七分之一音程。假如調式是小調，你就爬到大調，給我遍撒上降音符號、大三度和諧六度音和雙八度……一句話，用靈巧的手法來轉調……你對你的歌劇是不是有一股狂熱？」「狂熱得很啊，侯爵先生。」「好極了，你將看到，隨意的宣敍調採用堅定的四拍子，必須配上件奏，然後，以合唱來表現兩種主題的賦格曲，而且這兩個主題要不時地互相串調，因爲這裡要表示爭吵，表示裁判的衝突，尤其要讓人像魔鬼一樣叫喊出來。必須讓人們聽到合唱隊的叫喊聲。這一點，明白了嗎？要以優美的三拍子來表現對比，你明白我了嗎？這裡加入大鈸沒有任何壞處，然後主角以帶有四個降音符的活潑的快板唱出他的憤怒。他必須有強有力的肺氣以保證能一口氣拖著唱十個節拍，在這十節中，樂隊見了鬼了，之後，你的主角以一串華彩經過句稍事休息，他願意讓人聽明白……唉！不，見鬼，不要讓樂隊壓倒他，假如這勒格羅㊸的魔鬼還要鑽出來，咱們就在這兒加上雷鳴……啊！我所叮囑於你的，是造一個響亮如鼾的低聲，但願這一切能成功……」「那我的舞曲呢，侯爵先生？」「噢！這個嘛，這需要高雅，一大段美麗的長笛變奏曲顯出撒朗坦的舒適，然後，是一個帶延長號的華彩經過句，它必須足夠長，長得足以使加爾代爾㊹的手足亂舞一陣……你不知道怎麼從中跳出來吧？」「說真的，確實還不知道。」「一通鼓啊，敲一通鼓，祇有這樣才能讓人們高高興興地離開……啊！就這樣，晚安……」「啊！魔鬼的腦瓜子，可咒的下毒者，卵蛋子，卵蛋子㊺……」「得了，得了，小點聲吧，岡比尼，」我勸他：「……我說，朋友啊，這就是不招自來，還要評頭論足的貨色……」我們便又匯入到大夥兒中，侯爵早就向衆人吐露了他對我們施及的恩惠，以資在第一次會面中拉幾張信任票，讓人追隨他的觀點。

我就是這樣把我的生命浸泡在這才華與滑稽之中。但是我的那個女妖精讓我大倒胃口。她罵起人來像是一個粗野的馬車夫。和她在一起你就甭想學到一絲半毫的本事。她祇知道在牀上幹男人，而且還是魯莽不堪。

最後的那次見面促使我狠定了心將她甩下不管：一天晚上，看完演出我來到她家。她正要出門去城裡吃飯，我也同樣想去吃飯。我們可以不用擦鞋、更衣、準備行裝就出發了吧？我坐在一把椅子上，她也坐到我那椅子上來，我就不客氣地把她幹了。在快感到達的高潮中，那婊子假裝發了瘋，實際上我知道她清醒得很。我有一只精美的懷錶，她一直垂涎三尺地想把它弄到手。她以爲玩一手甕中捉鱉是手到擒來的美事，便悄悄地拉著錶鏈一直把錶拉進了自己的口袋。我本是和她同樣精明的人，一開始就覺察出來了。我便暗渡陳倉，三下兩下就把她的錶給偷了過來。她的錶還眞是値錢，我們就算是兩淸了。第二天一早，她正在那兒焦慮不安，好像熱鍋上的螞蟻，我這邊則嘻笑不已，悠然自得……到最後我對她說：「妳眞是一個不知羞恥的無賴婆，現在我把妳的錶還妳，妳把我的那只好好留著吧。妳已經褻瀆了它，我唯一的報復就是去傳播這一可恥的舉動。這可是一件新鮮事，保證讓妳流芳百世……」她聽著就罵將起來，我也不理睬她，規規矩矩行了個禮就告辭了。

於是該扔手帕了……來吧，多爾維拉，你將成爲我的女王。說眞的，她眞值得我把她當作女王。一個遍體充滿了美的林澤仙女。最鮮艷的血紅色賦予她金黃色的肌膚以無限生氣。她大大的藍眼睛衹懇求著死而復活……至少，我現在是和這一位在一起。我的廚娘早讓我噁心透頂了。

我們一開始就睡在一起。我的夜晚具有無限的說服力和決斷力。我成了這家府邸的主人。我手下有一個管家，一切家務事都需要與他打交道，因爲錢都歸他管。我眞是有辦法，我讓他自由自在……

這一番新的享受著實讓我歡欣無比。一切肉慾的陶醉都一番又一番地讓我們興奮不已。一天早上，我輕輕推開浴室的門，看到她在裡面。她正從浴池中出來，沒有一絲的裝飾，衹有通體的美，就像阿娜迪奧梅納筆下的維納斯一樣。她的一條腿還在浴池裡面，另一條腿撐在一把扶椅上。她美麗的秀髮披散在肩頭上。她的一隻手正撫拭著大理石般的胸脯。她以一絲甜甜的微笑觀賞著自己的一身魅力。我在門縫裡打量著，不禁春心蕩漾。我享受著這一幕甜美的表演，一股慾火在我的血脈管中暢流，噴泊而出。我不小心弄出的一陣微微的響動竟爲我提供了一幅新的圖畫。

祇見她羞澀地低下身子，慍怒的紅暈飛上了臉。她忙不迭地拉過一綹長髮掩遮住身子。……一條坐在扶手椅上的小鬈毛狗像箭一樣地衝了出來，直撲她兩腿之間的那地方，牠高高地抬起頭，用自己毛茸茸的身子擋住聖地，使盡全身力氣地狂叫不已，以它那小小的嘴臉代替了另一條縫隙，……我哈哈大笑地走了進去，我的美人兒很快得到了安慰，你一定不難猜出會發生怎麼一回事。

在你的想像之中，我應該是幸福的……得了吧！我其實並不幸福。在多爾維拉這具美麗的肉體中，在這美惠的神廟中，包藏著一顆怪異得離奇的、任性得幾近狂暴的靈魂。祇有在痛苦、邪惡與陰險中她才有本能的人性。她處處謀求私利，甚至於吝嗇萬分，她吸引情人祇爲了吞噬他們。

「我眞後悔，」一天，談到一個被她拋棄的身敗名裂，一無生計的可憐蟲時，她對我說，「我眞後悔還給他留了一雙眼睛可以哭泣……」

多爾維拉毒害一切，她的奸詐的長舌能把一切事物，哪怕是最簡單明瞭的事物都說得面目全非。她那狡猾的、飽孕著詭計的腦袋能在最最潔白無邪的天眞外衣下隱藏起最最深匿的虛僞。她像所有那些心底空虛的人一樣兇狠，作奸犯科在她眼中簡直不算什麼，嚴法酷刑都引不起她絲毫的畏懼。

「噯呀！你為什麼要和這樣一個妖孽生活在一起！」「我一開始不了解她。她確實很誘惑人。我本以為她愛我……結果我得到了嚴酷的懲罰。」

某伯爵是我的朋友，他經常來多爾維拉的家。他的在場不會讓我感到彆扭，因為我並不以為他是一個情敵。我心安理得地待他。可是不久，我就看出他言行頗為拘束，儘管他來得更加頻繁，但他的歡樂早已蕩然無存。漸漸地，他變得臉容陰鬱、沈默寡言，引得周圍的人都悶悶不樂，也把我弄得憂愁不堪。我想著法子逗他開心，他則彬彬有禮，然又侷促不安地接受我的好意，這種態度的朋友們暗示出一種冷漠和決裂。多爾維拉八面玲瓏，尤善鑽營。我把我的為難之處告訴了她，並求她從我朋友那兒打聽出他的痛苦的祕密。她看起來彷彿進入了我的計劃……這個奸詐的女人……

幾天以後，她露出的一臉深深的愁雲使我越發焦慮不安，我不止一次地撞見她偷偷地流著眼淚。我不安，我警覺，我催逼，我懇求，最後到了這樣一種時刻，人們之間已沒有什麼可以互相拒絕的。精誠所至，金石為開。我依靠著這份努力，才使這激情與這聲調的真相大白於天下……

「哦，我的朋友，」她對我說，「親愛的情郎！我要傷害你的心了，不過我需要你作出承諾，你必須作出神聖的保證，把你正義的憤怒埋藏在心底。」我答應了她的要求。「……你還以為伯爵是你的朋友，他祇是一個叛徒。」「一個叛徒！他嗎？」「對，一個懦弱的叛徒，他想串通我一起密謀，他向我吐露了他對我非份的愛情。我曾試圖將他帶往榮譽與友誼的道路上。我施行了溫柔的勸告，懇切的請求，我流淚……但是，以友誼的名義起誓，他的行為實在有點過份了。『我發誓棄絕原教，』他聲嘶力竭地叫喊，『我發誓棄絕原教。我的情敵是我的死敵……』我還要把他咒罵你的話再學給你聽嗎？不，不，我的心兒仍還在流血。你將會去復仇，你的日子將充滿危險！……可是，我的上帝！我是多麼害怕那陰險狡詐的行為啊……」野蠻的女人！她的淚水濕透了她的面頰。她也被我的淚水所浸潤。她的撫慰給我的血管帶來肉慾的騰騰烈焰和嫉妒的涓涓毒液，傲慢滋育了我從來未曾感覺過的一種愛情……我，我失去了那麼多的魅力！……不相配的朋友。

多爾維拉假裝珍惜我的憤怒，實則祇是為進一步煽動我的那股怒氣。不過，她以誓言把我拴鏈起來：怨懣集中在我的胸腔中翻滾不已，震盪不休。

伯爵又來了。我們見了面彼此都感到不舒服，我揶揄他。多爾維拉作為第三者，總是設法阻止任何解釋。這種情形實在過於激烈而難以維持長久。伯爵辱罵了我，我們走了出去。怒火引導我們走向決鬥。我一下便擊中他的要害，伯爵砰地倒在了我的腳下……可惜！那遮蓋了我們的可懼的面紗也同時掉落下來。伯爵任他的劍從手中落下，我趕緊撲倒在我那可憐的朋友的懷中，去止住他的血流……

「這事總算了了，」他對我說，「我要死了……我死得不冤……朋友，我還想要了你的命……多爾維拉曾向我討你的命。」「多爾維拉，噢，天哪！」「我的激情已經發展到了頂點……她要我出這個代價來換取我的幸福。永別了，請原諒我……我是罪有應得……但願我至少還能是你的朋友……」

他掙扎著擁抱了我，隨後便斷了氣……大地啊，你把我吞吃了吧……

我從這可怕的地方衝了出去。我失魂落魄般地在街上到處遊蕩，任憑狂熱的思緒將我撕成碎片，我不知道該往何處去。我的腳步最終又機械地停在了那家汚穢的門口。我走了進去，手中仍然握著那柄沾著我朋友鮮血的鐵劍……「是我，是我殺死了他！」我痛苦地大聲叫喊道：「喂！妖魔，你的瘋狂得到滿足了吧！他已不在了。你想讓他來放我的血。你來向我要他的命，卻又來向他要我的命。來吧，把它拿去吧。飽嘗你的屠宰物吧。」

冷靜與安詳重又顯現在她的臉上。歡樂之神從那上面綻放出光芒來。她竟然敢於向我伸出胳膊來，祝賀我的勝利……「可惡的潑婦！發抖吧，這一隻被妳逼得犯了罪的手也會懲罰妳的……」隨著這番話，我做了一個憤怒的動作，她的心在胸膛中砰砰直跳，蒼白的臉上頓無血色……我把我的劍遠遠地扔到地上，她的勇氣才又再生。

「好吧，」她對我說，「我引導了一切，眞的，我十分恨他，我點燃他的愛情之火是爲了毀滅他。我挑惹他與你決鬥。我知道我衹是輕輕地將他拋了出去。過去，他曾冒犯了我，竟敢在我和另一個女人之間選擇了她……這下我可報了仇了……」

我勉强能聽到她的話。一旦頭腦變得更加清醒，我就失去了知覺。醒來時，我發現自己躺在自己的牀上，四周都是我的僕從。

很長一段時間裡，我無法得到心靈的慰藉。我沈緬於痛苦之中，我躲避著人們。那位朋友在我的突刺下倒下去的形象無時無刻不縈繞在我的腦際。我拒絕一切開心的娛樂。我慢慢地在死去。我在向墳墓挺進。

在同一幢房子的另一處分隔開的正屋裡，隱居著一個少校的妻子。直到眼前，我除了每年四次過去履行一下最最簡單的請安問候之禮外，從來沒去拜訪過她。我那過於放蕩的生活方式，還有我那特殊的行爲舉止不允許我過多地注意到她。我的僕人了解到我出事的經過，幾乎爲我的健康狀態絕望，於是他想到了那個年輕女人，以爲祇有她才能幫我擺脫絕境。我的脾氣與言行的改變在家中引起一陣議論。他憑著自己慣於察顏觀色的本事，一下子就猜到了其中的原因。幾句話傳遞到那個侯爵夫人的女僕那兒，再經她一挑唆，侯爵夫人的好奇心也被激惹起來了。我的手下人向她細細敍述了我那不幸的經歷。她聽了感動萬分。每天早上，她的下人們都要遵命前來打聽我的健康狀況。我仍深深地陷於痲木不仁之中，竟沒想到我應該感謝她的關心。

一天早上，我們正要出門時相遇了，她稍稍責備了我幾句，怪我性情粗野，不通人情，話語中透出另一層意味來，我當即就痛痛快快地表示一定要糾正我的錯誤。於是我們就留了下來。

我的拜訪時間很短。不過，俗話說得好，第一步是最重要的。第一步之後，我繼續邁著步子。我去看她也更加頻繁了。很快地我就在她那兒賴著不動了。侯爵夫人性情溫柔，十分具有憐憫心。在重複了一百次的細節面前她仍不灰心氣餒。她和我一起感動、嘆息，爲我一掬同情之淚。我的痛苦因此而變得不那麼苦澀了。一想到我欠這位溫柔可愛的女友那麼多的情，我就想要甜蜜地報答一番……

「啊！妳要小心愛情。」「噢！我的孩子，你說的對。一次親密的通姦，一個二十二歲的妙齡美女與一個年輕男子之間無限的信任會將這姦情引向牢不可破。再者，痛苦又是在多大程度上支撐著溫情。」「總之，你現在遇上了完美的愛情。美麗的墮落，我的朋友，眞是美麗的墮落！」「不，我絕不做故作傷感的非蘭德㊻。」侯爵夫人不是那種喜愛神蹟的女子。她漂亮而不刻意顯露，實實在在，本性善良，多愁善感，總是與人平等相處，具有人們能夠想像的一切誘惑力，然而這個可愛的女人並不幸福。她的丈夫如同許許多多的軍人一樣，忽略了這麼一顆他已擁有的明珠而去追逐母猴一般醜陋的女人。實際上他遠遠配不上認識這樣的美德，但他卻不相信自己的夫人具有這種美德，同時他還嫉妒得幾近粗暴。誰不知道那就是他順從自己命運的最穩妥的辦法？他的生活還眞值得他去過，但是歐浮羅西婭又是何等的與她的厄運不相稱！

「哦，我的朋友，一個可愛的、天眞的女子無邪的撫摸和那些風流蕩婦們的媚態之間有著多麼巨大的差別啊！後者可以使我們的感官陶醉。但是，一旦狂熱的迷霧消散殆盡，人們又回復到原先的那個自我。厭煩、膩味一直能毒化那已然消逝的快感。必須再一次刺激起來去品嘗它們。」

侯爵夫人除了渾身的青春光彩照人之外，還有一副龐大得相當可觀的身材。假如她長得不那麼勻稱的話，看起來個頭還會更加高大。光著腳來量，她起碼有五尺四寸高。說到身材，她則是世上難挑的美人。令人心醉的乳房，圓滾滾的胳膊，肉嫩嫩的手，臉蛋若稱不上有天仙般姝麗，倒也有一般美人不曾有的千種風流。她的美是一種刺激人的不規則的美。最引人注目的是她的頭髮，又粗又密像一條手臂，垂下來垂下來一直垂到腳面上。

沒有人比歐浮羅西婭更善於搬弄笑料。如若不是心地善良，她的一些做法就會顯得過於刻薄了。不過，她從來就害怕會給別人帶來爲難，即使對那些冒犯了她的人她也不加以刁難。她的精神一天比一天更令我吃驚。她謙遜的天性又使她對我的敬佩和羨慕感到驚奇……「可是，我的朋友，」她二十次地重覆道，「你把自己弄得太可笑了，你一刻不停地誇獎我，你對一些如此簡單的事讚嘆不已！……所有的人都會這麼說的。」

但是她的靈魂……我該怎麼向你描述這一顆心靈呢？這顆多情的心祇爲高貴與

溫柔的情愫而生存。祇是由於這些情感，她才從甜美的、持久的安寧狀態中走出來，向社會顯出她性格的另一面。正是在這些情感之中她汲取了這一股熱量，使自己變得那麼引人激動，那麼忠誠於愛情，那麼卓越，那麼崇高。歐涥羅西婭不僅溫柔而且肉感，祇不過她總是端莊得體。她純貞，她貞潔。或許正是由於這個原因，我才在她身上體會到一種從未有過的享受。

你別指望看到我描繪這一幅圖畫。讓神祕的帳幔永遠掩蓋著我們的樂趣……但是，我跟她的美德進行了多少次激烈的戰鬥！我不得不一再地重覆，祇有罪孽才是羞愧的，而愛情，一切如她這般經歷的愛情絕不會是有罪的……我坦白地說吧！她的責任遠遠要比我來得更沈重。她感到危險。她鼓起高貴的勇氣寫信給自己的丈夫，請求得到他的關懷和來臨。但他蔑視這個令人尊敬的女人。他回絕了她的懇求。一絲冷酷的痲木不仁，一種侮辱人的輕蔑舉止，這便是她爲擺脫自己那股柔情所作努力的全部代價……我苦苦勸告，我終於勝利了。歐涥羅西婭在我面前不再臉紅，她的內心恢復了寧靜。哎！哪一個鐵石心腸的男子敢於懲罰她？六個月過去了，我們沈浸在歡樂的海洋中。我們與世隔絕開來，我們什麼都不需要，只需要我們自己。我們不斷復燃的愛火永遠保持著新穎的魅力。我們互相之間無限的信任將我們的幸福推向極點。

噢！這一切又能維持長久嗎？作爲命運的卑賤的玩偶，我們又擁有什麼持久的東西！在無邊的苦海之上，我們僅有幾滴甜蜜的汁液，杯水車薪，我們就該因此而珍惜生活了嗎？……侯爵夫人的懷中已經結下了我們愛情的成果。很快，她的健康狀況就不再那麼不穩定了。我的心中充滿了無限的快樂，但我又不敢全部明明白白地告知於她：這或許是一種失去理智的快樂，但它是那麼甜美，我根本就不打算壓抑它。歐浮羅西婭倒是更加清醒，好像她有所預感似的，儘管表面上有她的溫柔和她的愛情掩蓋著，可是我看得出來，她的心底總是有點兒忐忑不安。

她的丈夫一回到巴黎之後就把事情打聽得個一清二楚，然後，他輕輕鬆鬆地拆散了我們的私通。這個懦夫還把這段私情洩露了出去，他把我們兩人罵了個狗血淋頭，要不是歐浮羅西婭一次又一次地拉住了我的胳膊，我早就衝上去找他算帳了。她怕我隨時會作出復仇的魯莽之舉，便讓我起誓一切聽她的，就這樣，她把我乖乖地拴在了她的鏈條上。祇是她的幸福遭受了永難彌補的損害。我不時地撞見她在暗地裡偷偷地灑淚，我也就陪著她在一旁哭泣不已……

「歐浮羅西婭，」有一天我對她說，「這全是我引起的痛苦，而我又不能緩和它一下。我們的心難道再也不能溝通了嗎？啊！妳會不會有一天變得恨我？」「恨你！啊！對我來說，你永遠是那麼珍貴。我懷中孕育著的這個不幸的孩子無疑會在兇殘的徵兆下出生，然而，如果可能的話，他已經把連結我和你的紐帶繫得更緊了。去吧，我的朋友，我絕不是不義之人。假如我為你作出了犧牲，不要以為我會後悔的。我也許會給你帶來更為艱辛的日子……親愛的情郎，我剩下的已沒有什麼可以給你了……至少，這個孩子還能讓你想起他的母親。」「狠心的人啊，妳說的都是些什麼啊？……這就是妳的愛情！……啊！如果我對妳還是那麼珍貴的話，妳還會付出如此的代價來回報我的柔情嗎！……死去吧，死去吧，懦弱而多情的女郎啊，不過，在妳嚥氣之前，妳會享受到那祭獻了妳的情人的野蠻的快樂。妳要對妳自己的孩子剝奪你的擁抱和我的擁抱。他將孤零零地忍受悲慘命運的千萬次打擊，他將生活在苦海之中，被敵人包圍著，像一個陌生的異鄉人。是妳，是妳這個如此溫順、如此富有憐憫之心的人，是妳這個給了他生命的人，把他獻給了無邊無際的厄運，我們的柔情也永遠無法為他帶來一絲的甜美……」

歐浮羅西婭咽泣出聲，打斷了我的話，然而，她那灑在我胳膊上的淚水的溪流似乎讓她的心得到了一絲寬慰……

「我的歐浮羅西婭，」我對她說，「擺脫它吧，擺脫這喪氣的想法吧！……回想一下妳的勇氣，保留著妳的愛情吧，妳不是千遍萬遍地對我說過，妳這一輩子是爲了我而活著嗎？……」

她向我保證要更加安寧地生活，我想她確實做到了這一點。

幾天以後，王宮裡傳來詔令，命我即刻起身奔赴布列塔尼。我的旅行時間應該不會太長久，不過歐浮羅西婭的身孕將一天天地加重。我將爲她操多少心！我將替她費多少神！不安而可怖的預感襲擾著我們。我們的告別是冷酷的，我們互相擁抱，久久地不敢鬆手，彷彿面臨的就是一次生離死別，歐浮羅西婭暈了過去，人們把我從她懷中拉開。該上路了……

我的公務很快就結束了。正當我欣慰地準備一次突然的回返時，我收到了一位朋友的來信，信中寫道：「不幸的人兒，你還在做些什麼！你完成了毫無價值的使命，然而你卻將最最神聖的職責拋置一邊。快快地回來吧，不要再耽誤一分一秒了，快來爲愛情獻上你的一份力量！」……

我飛奔回來，一顆心始終懸在恐怖的雲霧之中。我到了……眼前竟是一幕可怕的場景！……歐浮羅西婭家中的一切都沈浸在哀傷的氣氛中……老天啊！哦，我的天！她已經不在人世了！……我想再看她一眼，我想再擁抱她一次。我祇想和我的情人一起死去……我掙扎著向前衝去，人們死死地把我拉住。他們對我說了許多話，我一句都沒有聽到。絕望之心奪走了我的理智，我祇想衝進去……

「停住，冒失的年輕人，」一個令人尊敬的老者從歐浮羅西婭的臥室裡出來，對我說，「請尊重這痛苦之地的肅穆氣氛。」

他那威嚴而又感人的聲調一下子穿透了我的心，我急步上前跪倒在他的膝下，我抱住了這位不相識的老人……

「哦，無論你是何人，都請憐憫憐憫我吧，讓我再看一眼我心愛的女郎。我祇懇求你能給我這一點點的恩准……唉！我爲什麼得不到允許能甜蜜地死在她的身邊呢？」「站起來吧，」他哭泣著對我說，「失去理智的年輕人啊，你是要把我痛苦的暮年往墳墓裡趕啊。我怎麼得罪你了？我活到今天，還沒有什麼東西能沾污我滿頭的白髮，而你卻把我不多的餘日引向羞恥，引向絕望。你那致命的愛情讓我付出了我的兒子和我的女兒。一個是我的寄託，另一個是我的幸福。」「你，她的父親……哦，蒼天！不幸的老人呀！你取走我的性命吧，請你用復仇的刀劍打發我去見我的愛人吧。」「我早已失去了一切，我是可以把我的一切痛苦歸咎於你，可是我的心不是鐵打的，我不能夠也不願意憎恨你……」我還能說些什麼呢？我祇有痛哭，我祇有抽泣。「唉！怎麼辦呢？祇有我來安慰你了。不幸的年輕人，請安靜一下。歐浮羅西婭……」「我的父親……我就在你的膝下等待著你把我抓起來……」「歐浮羅西婭還有一絲氣息。」「她還有氣，哦，上帝啊，你讓我……快點快點……」說到這裡，我突然停住，心中十分冷靜，仍然沈浸在絕望的痛苦之中。「不，不，她已經不在了，你還在愚弄我，你想嘗嘗復仇的滋味……」

說到這裡，我的精神徹底崩潰了，我再也沒有一絲力氣，身子一歪便倒在了一把扶手椅上，睜著兩隻呆呆的眼睛，什麼東西也看不見了……

歐浮羅西婭的父親竟不嫌棄地抓住了我的手：「我沒有騙你，不過，你我的命運並不因此而變得順當一點。請相信我的話，看看你給她帶來了什麼樣的苦難。你走之後的第八天，侯爵就回來見我的女兒。她的兄弟當時也住在她的家中。歐浮羅西婭剛剛把她的身體狀況和她的私情向他和盤托出，怒氣衝衝的侯爵便向他的妻子發起火來，用最惡毒的語言咒罵她。我的兒子想勸他止怒，但無濟於事。侯爵威脅著歐浮羅西婭，他甚至說要揍她。我那可憐的兒子挺身而出，於絕望中跑過去救他的姐姐，擋在了她的身前。他的姐夫怒不可遏，抽出劍來要和他決一死活。狂怒使我的兒子瞎了眼，他竟向著敵手手中的鋼刀撲了過去。侯爵暗中拔出手槍打死了我的兒子……看到這一場血淋淋的搏鬥，歐浮羅西婭嚇得失去了知覺。早產的陣痛喚醒了她，她脫離了死神卻又投入了可怖之極的厄運之中。她剛剛生下來的嬰兒很快就死了。母親的健康一直令人擔憂，直到今天，她才稍稍顯得有點緩過勁來，然而，她又怎麼能擺脫她的痛苦呢？」

我匆匆地將這段可怖的敍述吞下肚中。我一動不動地呆在那兒。可是，上帝啊，你知道有多少條蛇在撕咬著我的心！……「哎！好吧！」我喊道，心中卻是一陣酸楚，「她活著，她還活著，可是她要恨我……不，不，歐浮羅西婭不能夠恨我……哦，我的父親，請你痛苦地原諒我這麼稱呼你，我要把我的生命獻給你，它將是屬於你的，讓我來補救剩下的一切吧，你的慘痛的損失也就是我的損失，就讓我來做你的兒子吧！哦！當兒子的職責對我來說是多麼甜美！……可是，我的父親，讓我去救你的女兒吧。歐浮羅西婭將活下去，並將愛著你。」

善良的老人心軟了，一絲希望的光芒深深地射入了他的心田。他把我緊緊摟在懷中，抱著我的頭哭泣……唉！我們兩個都猜錯了。歐浮羅西婭活了下來。不過，從此以後，一股深深的憂愁永遠刻印在了她的心中。她拒絕見我的面，跑到一家修女院把自己幽禁起來。我千方百計地設法改變她的決定。她父親也竭盡全能助我一臂之力，然而一切皆盡枉然。她還是戴上了紗巾，起了誓願。

我的想像力之火被引燃了，我的頭腦狂熱起來，我的思想激昂起來，而我的心卻沈浸在一片陰鬱的愁海之中。我做出了一個驚人的決定，沒有向任何人透露半點我的計劃我就騎上了馬，跑出去尋找一家緘口苦修院，想在那兒打發我的餘生。

老天彷彿在密謀反對我。一陣駭人的暴風雨將我困在了韋爾納衣㊼。我被雨淋得浸濕，又沒有什麼衣服可以換著穿，於是我奔入一家小旅店打算烤烤衣服。由於實在太疲勞了，我就臨時決定在那裡過夜。我一個人待在房間裡憂心忡忡，情緒壞到了極點。洛賽修士的故事使我回到了四世紀。在那些深深的墓園中，數盞陰森的冥燈從陰沈憂鬱的夜空中透出模模糊糊的光來，啊！再沒有比這更美的景色了。我聽到一陣喪鐘傳來，彷彿死神在召喚。我看到死神邁著緩緩的步伐向前逼進。科敏熱和歐浮羅西就在我的眼前。我拼命地調動著我那狂妄的想像力，苦苦地回味著美德的英雄主義。最後，我終於突進到那冥冥之中的墓葬之地，為數衆多的因偏見或因激情而喪身的不幸的靈魂在那裡悲憤地呻吟……我眞願意……天命則不允許。

我聚精會神地專注在抑鬱的冥想之中，竟沒有發覺小旅店的一個十分漂亮的姑娘已經走到我眼前，而且待了已有足足一刻鐘。我終於留意到了，我從我的夢魘中驚醒過來，然而又陷入另一幻境之中。我給她拉過一把椅子讓她坐下。我不知道她究竟是什麼人，她並不懷疑我是在發瘋。後來，她一再地問我晚飯想吃點什麼，終於將我喚醒過來。我笑了，她也跟著哈哈大笑起來。

我吩咐了一番，瑪德龍下了樓，又上來給我鋪了牀。天使般的善良開始在我心中甦醒。這種農村姑娘穿的襯裙都是很短很短的。瑪德龍彎下腰後露出了好看的小腿，並且讓一段白嫩的大腿暴露在我的眼前……「可惜啊！」我自言自語道，「我就要埋葬我自己了。但願這個可憐的姑娘至少還能利用一下我最後的精力。把她幹了吧！這可是我一生中最後一次幹女人啦。」於是，我做出一副空前嚴肅的樣子，抓住她的兩個蹄子，使力一扔把她扔到了牀上。我把她的裙子撩上去，讓她先仔細看看我這裡到底是怎麼一回事，然後就把陽物深深地插入了她的下體。一開始，她有那麼一點粗糙乾澀的感覺，可是，有哪一個姑娘在抽送了三下屁股之後還不能讓大道暢通無阻呢？祇是爲了向我證明她的惱恨，她才像個魔鬼那樣邋個沒完。我正打算像往常那樣重新開始，她卻告訴我說這是不可能的，說別人正等著她呢。不過我們說定她一會兒再過來跟我睡覺。於是，我伸手掏出幾個路易賞她，根據我的計劃，這些路易對於我將不再有用，因爲我並未放棄要去做一個苦修僧。

我們一起度過了那個不眠之夜。我痛痛快快地盡情享樂，好像這是生平的最後一次。然而，請欣賞一下善良的上帝的作品吧！我越是進到這妖魔的洞中，我的頭腦就越是清醒，我的決心也就越是隨之動搖。於是，我藉口太疲勞了，決定在這裡再待上一個夜晚以便作出最終抉擇。不過實際上我並沒有陷入爲難之中。我的郵政驛車在晚飯時分到了小旅店。兩個坐在車裡的人派人來求我允許他們和我一起就餐。我同意了。令我十分吃驚的是，他們原來是我的兩個至親好友，追趕我一直來到這兒。

「啊喲！啊喲！狂怒的先生啊，」聖福魯對我說，「你怎麼竟然不辭而別？眞是見鬼了，你那一臉神色就彷彿是一個憂愁的騎士！」我想恢復故態，他們就拉我出門散步，挖苦我，嘲笑我，說我腦子裡頭缺一根筋。我終於相信了這話。我和他們一起登上了馬車，我們來到了巴黎。

有那麼一段時間，我還眞是有一點點難爲情。此外，我迷迷糊糊的，既不知道該往哪裡走，又不知道該和誰去偷情。在這期間，我負債累累，我的猶太人債主走馬燈似的一個個來向我露出兇神惡煞般的嘴臉。我下定了一個崇高的決心，我決定結婚，給自己的脖子套上繩索。

「啊！你終於安排了自己的歸宿。」「對，一個歸宿，趕在時辰之前去死，這當然好啦。」

我認識一個專門玩弄陰謀詭計的老太太，貴婦人中的年長者，善於撮合婚配的領頭，我向她講了自己的事兒，同時明明白白地告訴她我很著急。

「好的，」她說，「你願意找一個漂亮的嗎？」「我的天，這個我無所謂，祇要娶來能當妻子就行，我不太關心漂不漂亮的事兒，我又不是把她接回來當作稀奇的文物來欣賞的。」「那麼，她應該很富有啦？」「噢！這點嘛，越富越好。」「聰明呢？」「當然啦，要聰明的。」「你的事包給我好了。你可認識靜修所夫人嗎？」「不認識。」「沒關係，我來替你介紹吧。她是我的一個朋友。十分富有，尤其是脾氣性格極好相處。她的女兒十八歲了。」啊！操他媽媽的，這個妖精是多麼醜啊！……

我那可愛的老媼立即出門帶去了第一次口信，替我吹捧一通，幫我出謀劃策。當天晚上，她給我寫了一個便條，兩天以後，我們就一道出發去了我未來的岳母家。

靜修所夫人確是女才子中的佼佼者。在她家中，我們所有的半神半人，我們所有的現代阿波羅都聚集一堂，以一句句無聊的話資與酒飯。一步入門廳，我就聞到了一股緊緊地抓住了我的嗅覺的古代的氣息。老婆子預先早告知我必須好好欣賞。我走進一個巨大的方形的客廳，看到了儀態萬千，宛如仙女的女主人，她有著苗條的身材，那一副派頭就像是個王后。靜修所夫人以一長串的溢美之詞來恭維我，我則報以無比的敬仰之意。我拿眼角的流波尋找著未來的……啊！他媽的，人們會給你……魔鬼！應該由她親愛的媽媽先作個評價。社交的禮節難道允許人們將一個姑娘展示給先佔者的眼睛嗎？

當母親的和說媒的開始話家常，吹大牛，憶往事。這時候我便細細地打量了一番大廳的擺設。繪有風景圖案的古老掛毯蓋住了四周的牆壁。圖案裡卡姍德拉[48]和波呂克塞娜[49]陪伴著特洛伊國王普里阿摩斯[50]，周圍還有特洛伊城的衆多的居民以及奸詐無義的希臘人。每個說話的人嘴邊都引出一團滾筒狀的東西，裡面寫著談話的內容。天花板上吊下來一枝巨大的燈，它共有七個黃銅色的分枝，用於納布科多諾索爾[51]的盛宴的照明。四個角落裡立放著古老的三腳漆器架，上面分別擱著在輝煌的尼尼微[52]谷地發掘出的古代的甕器，以及被截去了頂部的金字塔，帕羅斯[53]大理石的桌子倚靠在花崗岩的柱子上，上面擺放著希臘、羅馬名人的半胸塑像，分別鑲以大大的牌章。八尺多高的壁爐上掛著一面金屬的圓鏡，四周鑲嵌著金絲銀線，我猜這大概就是美人兒海倫的鏡子吧。那些扶手椅看起來好像是以示巴的女王㊵的椅子爲模型做的，上面蒙著輝煌奪目的金色毛毯，裡面塡得硬梆梆的唯恐人坐了陷下去。這些便是直楞楞地躍入眼簾的家俱擺設。其餘的一切也沒有逃出我這雙雪亮的眼睛，這一派豪華的景象著實地把我的心靈撓得發癢。我已經打算把所有這一切無聊的東西變成我們現代豪華的美妙創造物。我爲這裡的每一件東西而狂喜不已，我擺出一副行家的模樣爲之鼓掌。人們自然接受了我的讚嘆。一會兒功夫，我和媒婆便告辭出門。

出門時，她對我說，我的相貌，我那莊重而理智的神態（因爲我沒有在衆人面前露出一絲笑容），尤其是我那極度禮貌的舉止使這家人對我產了好感。她還說，我也許會被邀請在星期四去她家吃晚飯，那可是一個大日子，那天我就會見到歐泰爾普小姐了……他媽的，這還眞是個漂亮的名字。但同時，我眞是有些害怕，怕我那迷人的小姐也是一個不値錢的老古董。

我接到了請柬，這一次，吃飯代替了看家俱。我見到了我的歐泰爾普……啊！

該死的，這是多麼美麗的未來啊。她好像是用砍柴刀照著猴子的樣子劈出來的，不然就叫魔鬼把我逮了去。她的親愛的母親就說她是靜修所先生的一幅活的肖像。小姐的身材又粗又短，臉色黃中泛綠，眼窩深深地凹陷進去，眼睛小小的，擠在兩塊虛胖的面頰的中央，頭髮祇擋住腦門的一半，一張奇大無比的嘴巴總是在不停地嚼著丁香花蕾，一段黑呼呼的脖子，還有……一塊帶有妒意的薄紗蒙蓋著一個我說不上來的魔鬼般的東西。唉！還有兩隻女僕們從未洗過的醜陋的爪子。此外歐泰爾普小姐常常得意地裝小嘴，扮鬼臉，結果適得其反，使她顯得更加醜……要是她一開口說話，事情還會變得更為糟糕。啊！卡托斯[55]也無法與她相比……上帝之光，我要娶的竟是這樣一個人，我自言語道，這實在太難為我了！「呸！得了！你也許不會娶她的。」「唉！我的朋友，四萬里佛爾的嫁妝，還有同樣多數目的收回權，這可不是鬧著玩的小事，她的錢箱子可是有一對美麗的眼睛。而我，我祇有一個漂亮的陽物，她可受用不了多少。我的債主正在逼著我，祇能咬咬牙犧牲一回了……」

晚飯後，歐泰爾普小姐在她母親身邊擺出神氣活現的姿態，而我，我就乖乖跑過去喁喁地吟誦著愛情的絮歌，這鴿子叫一般的咕咕的情歌被人道地、但卻高傲地接受。毋庸贅言，兩個星期之後，我就娶上了她，同時簽了一份二萬里佛爾年金進項的契約。我就這樣成了歐泰爾普家的人。母親給了她的愛女祝福和安寧的吻，我貞潔的妻子就被抱上了婚牀，按照當時風行的習慣羞澀地用腳跟緊緊夾住屁股。婚禮的一部分是在隔鄰的房間進行的。一幫子年輕人尤其起勁地鬧著，這點我還眞的沒有想到，他們一個勁兒地誇獎我獲得了一個幸福的未來，祝賀我走好運，然後就埋伏了起來。我在我迷人的女人身邊洋洋得意，她則在一旁大把大把地落淚。

「夫人，」我對她說，「我們剛剛結成的婚姻是一個難以忍受的狀況，是一條狹窄的道路，但是它將把我們引向幸福。它並不是無刺的玫瑰，應該由我，你的丈夫，來拔除這些尖刺。創造主將我們結合在一起，讓我們這兩半聚合成爲一體。爲了更完美地加固他的作品，創造主贈送給男人，給這女人的主人一根踝骨……妳還是來摸一摸吧。」說到這裡，我抓住她的手放在那玩意兒上，這狡黠的女子縮回爪子好像有些害怕似的。「哦，這個器具應該找著適合它待的洞洞，這個洞洞就在妳身上。請允許我來把它找到，把它堵上……」

於是我伸出一條强有力的臂膀抱住了我的基督徒。她把大腿始終併得緊緊的，我用一個膝蓋頂進去，好像插進了一個角。她全部的抵抗方式就是伸出拳頭猛揍我一通。最後她裝出一副痛苦萬分的模樣，伸直了兩腿，抬起了屁股。我敲響了門……「啊！該死的。我眞他媽的見了鬼！」「怎麼了？」「殘忍的人！她兩隻有力的蹄子踢個不停，我被踢得喘不過氣來……她的兩扇門大大地打開了。啊！母狗……啊！劣性的母馬，妳還守衞著缺口，妳這討厭的妞兒！」

我連敲帶撞地攻，她連抓帶搔地守，她尖厲地喊叫著，我則邊罵邊打。當母親的闖了進來，狂怒得滿口吐沫。我猛地跳下牀，一溜煙地逃出了臥室。我的朋友們把我團團圍住，帶著狡黠的不安問個不停，問我是不是被弄疼了，問我要不要一杯水喝……我祇想見鬼的遠遠離開此地……

過了一會兒，我的岳母回到了客廳，她帶著一副元老院議員的口吻開腔道：「我的愛婿，我知道是怎麼一回事了。」「怎麼？這畜牲，我也同樣知道，我，哼，我知道得太清楚了。」「不，這沒有什麼，我結婚的第一天也遇到一模一樣的情況。」「啊！這一家眞他媽叫人夠受的！」「你放心吧，這個女孩子還不懂這裡頭的奧妙呢。她會明白的，你還是到她身邊去吧，你要溫柔一點，慢慢地跟她上手。」憤怒的火焰早已將我窒息，我任由她把話兒說完而沒有打斷她。然而，聽到她這一番溫和的邀請，我便又喊了起來……「什麼？要我回到她那裡去？哪個無賴開始鬧的，就讓哪個去收場吧……他媽的，眞是一個老古董，要不就是一匹馬，眞是一匹會拐大彎的馬。」靜修所夫人聽了皺緊了眉頭。「我的好女婿，我懂，那是你不能夠……」「什麼，夫人，妳說我不能夠！哼！見鬼，她那玩意兒並不是什麼難啃的硬骨頭，一輛四輪馬車都可以跑得過去……」

年老的仙女發怒了，我差點兒沒被她從窗戶裡扔出去。我頭也不回地離開了這可咒的地方。

狂怒啊！絕望啊！我這個令人恐怖至極的丈夫啊！我這個情場上能征善戰的勇士啊！我現在披戴上了時髦的羽飾，威風凜凜……呱呱……呱呱……青黃不接的季節……呱呱……前胸貼緊了後背，被一隻母猴，被一個骯髒的醜女人逼得……逃到哪兒去呢？躲到哪兒去呢？挖苦與諷刺的話語就將把我殺死。

事情並沒有完結。第二天，一個身穿黑衣服的男子前來見我。一陣寒暄之後，他遞上一張小紙條……

「先生，你是不是弄錯了？」「不，沒有，先生。」諾曼底人對我說。「請問這紙條是從誰那兒來的？」「從至高至尊的歐泰爾普•德靜修所小姐那兒，從你法定的妻子那兒。」「怎麼？這個無賴！你給我滾蛋，你要是還不出去……」

他屁滾尿流地出了門，跑得無影無蹤……好傢伙！那女妖精竟在信中勒令我像個丈夫那樣地恩待她，不然她就厚道地向我宣稱要求和我分手。我跑到我的訴訟代理人那裡，去諮詢對策。他反倒把我數落一頓。最後，我不得不放棄了二萬里佛爾年金中的一萬，人們宣布我爲我那女妖精肚子裡懷的一個小雜種的父親。那一胎也許是一隻猴子吧，更何況她早已不是第一次腹中有種了。

我在絕望與瘋狂之中一個人跑到了外國，我永遠永遠地拋棄了這片可咒的土地。要是再待在那兒的話，我不知道還能講述多少千奇百怪的事兒呢！

命運啊！充滿艱辛的可悲命運！誰？我嗎？我將體驗到你的任性無度，你的滑稽可笑！這就是我美妙決心的結果！我的一切計劃最終都要歸結到摩西的裝飾[56]！逃跑吧，滾吧，抑鬱的夢幻！我那暴躁的想像力的空洞貧乏的夢境！……不，不，夫人們，妳們並不能把我的首級拴在妳們可咒的大腿之間：沒有一個屬丈夫所有的陰戶會給我送來魔鬼般的迷霧。讓那改宗見鬼去吧。依著我喜愛復仇的性情，我要幹掉整個大地，我要爲我的普里阿波祭獻上一切童貞（祇要童貞還在）。由於我的功績，戴綠帽者的軍隊將迅速擴大。遍布於王家宮殿、城鎮與鄉野。我將篡奪一切權利，直至我們善良的母親所崇敬的神聖的教會。沒有操蛋的僧侶，沒有挨騎的神父不被我來來回回地刺穿戳透的！讓我替他們保留著習慣吧！一直等到我孤獨的心靈歸屬撒旦先生慈父般的懷抱，我還將去幹死人！

註釋：

❶ 彼拉多（？—三六以後）：羅馬帝國的猶太巡撫，主持對耶穌的審判，並下令把耶穌釘死在十字架上。《聖經·新約》記載他優柔寡斷，宣判耶穌死後便向皇帝辭職。

❷ 不詳。

❸ 彼列即魔鬼撒旦。

❹ 皮卡底：法國北方一地區。

❺ 菲利門和巴烏希斯（一譯波息司）是希臘神話中的一對農民夫婦，他們殷勤款待了微服私訪的宙斯和赫耳墨斯，因此，受神的賞賜他們的小房變宮殿，二人年高時同時壽終。

❻ 維利埃是瓦茲省的一地。

❼ 索姆河：北方皮卡底地的一條大河，全長約二四五公里，最後流入英吉利海峽。

❽一種牌戲。

❾撒朗西，位於巴黎地區與皮卡底地區交界處的一個小鎮。

❿地方上最具貞潔美德的少女在這一天被授予玫瑰花冠。

⓫聖·梅達爾（四五六—五四五），法國天主教聖徒，曾任主教。

⓬比賽時，巴黎城南郊的一個小鎮，過去曾有監獄。

⓭提香（一四八八—一五七六）：義大利畫家。

⓮見第一部份註52。

⓯聖羅克：相傳爲十四世紀時的一個傳奇人物。

⓰見第一部份註⓲。

⓱杜卡萊是法國劇作家勒薩日創作的同名喜劇中的主人公。

⓲甘西：不詳，原文爲Guincy，可能是一個人物的名。

⓳畿尼：英國貨幣單位，值二十一先令。

⓴原文爲英文Devil。

㉑賴昂德是莫里哀許多劇作中的人物，通常是一個青年的未婚夫形象。

㉒見第一部份註❿。

㉓ 蠑螈是中世紀傳説中能生活在火中的一種動物，常具女人的形態。
㉔ 西坎布爾人是日耳曼人的一支，三世紀時與法蘭克人融合。
㉕ 福特山，不詳。
㉖ 見第一部份註❸。
㉗ 聖方濟各（一一八一—一二二六）：天主教方濟各會的創始人，義大利主保聖人。
㉘ 原文爲拉丁文。
㉙ 托萊多：西班牙一城市。
㉚ 原文爲西班牙文，這是宗教審判所給被判處火刑者穿的一種黄色的衣服。
㉛ 古代，西班牙、義大利、法國都有一種叫波斯陶爾的錢幣。
㉜ 鄧斯•司各脫（一二六六—一三〇八）：蘇格蘭神學家。
㉝ 聖奥古斯丁（三五四—四三〇）：古羅馬基督教作家、神學家。
㉞ 別西卜：《新約》中的鬼域之王，是魔鬼的別稱。
㉟ 聖波拿凡都拉（一二二一—一二七四）：義大利神學家，方濟各會會長，樞機主教。

36 聖多明我（一一七〇——一二二一）：西班牙神學家，天主教布道托缽修會多明各會的創始人。

37 原文爲拉丁文。

38 馬基雅弗利（一四六九——一五二七）：意大利政治家。

39 見第一部份註36。

40 瓦盧瓦：法國的一個地區名，歷史上該地的人曾經多次因宗教原因與天主教徒開戰。

41 即聖依納爵•德•羅耀拉（一四九一——一五五六），天主教耶穌會的創始人。

42 不詳。

43 皮埃爾•勒格羅（一六二九——一七一四）：法國雕塑家。

44 馬克西米連•加爾代爾（一七四一——一七八七）：法國舞蹈家，人稱加爾代爾長兄。

45 原文爲拉丁文。

46 非蘭德是莫里哀劇作《恨世者》中的一個主要人物。

㊼巴黎西郊塞納河畔一城鎮。

㊽卡珊德拉：希臘神話中的特洛伊城邦的公主，普里阿摩斯的女兒，波呂克塞娜的姐妹。

㊾波呂克塞娜：特洛伊城的公主。

㊿普里阿摩斯：特洛伊城國王。

51 納布科多諾索爾（公元前六〇五—五六二）：古巴比倫國的國王。他的掌權標誌著新巴比倫帝國的全盛。

52 尼尼微：古代亞述國最古老的城市，在底格里斯河東岸，公元前七〇〇年左右建成爲具有「舉世無雙」的宮殿的宏偉的城市。十九世紀以後多有文物發掘出來。

53 帕羅斯是希臘愛琴海上基克拉澤斯羣島的一個島嶼。所產的白色半透明大理石可用於雕刻，是古代帕羅斯的主要財源。

54 據《舊約・列王紀》，示巴女王仰慕所羅門，覲見他時送他大量金銀財寶。

55 不詳。

56 據《舊約・出埃及記》，摩西以爲埃及國王知道自己殺了人，就逃走了。

金楓出版社

世界性文學名著大系
小說篇・法文卷7

天生浪蕩子

Le Libertin De Qualité

總編輯／陳慶浩
作者／米拉波（Mirabeau）
譯者／余中先

發行人／周安托
印行／金楓出版有限公司
地址／台北市羅斯福路三段 65 號 5F
電話／(02)3621780-1
傳眞／(02)3635473
郵撥帳號／10647120
登記證／行政院新聞局局版台業字第 3561 號

總經銷／學欣文化事業有限公司
地址／新店市民權路 130 巷 6 號
電話／(02)2187229
傳眞／(02)2187021
郵撥／1580676-5
初版一刷／1994 年 7 月
法律顧問／董安丹
國際書號／ISBN：957-763-005-7

定價／新台幣 200 元

本書根據法國原版譯出